NAHUALES

Victor H. M²

una publicación de DSTL arts

NAHUALES

una publicación de DSTL Arts

Diseño de portadas y libro: Luis Antonio Pichardo

Ilustración original de portada: Victor Moreno e Yvette Hernandez

Ilustraciones adicionales: Darío Moreno (nahuales) y Victor Moreno

ISBN: 978–1–946081–83–4

10 9 8 7 6 5 4 3 2 1

www.DSTLArts.org

Los Angeles, CA

El material con el que se desarrolló esta historia no tiene ningún propósito cultural o de investigación. Se tomaron ciertos elementos de la web para provocar un rato agradable al lector.

NAHUALES

capítulo uno

-LA LEYENDA-

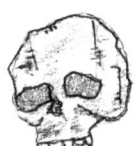

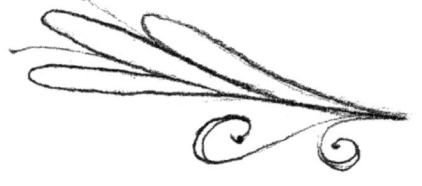

Después de la cena y las interminables charlas, el anfitrión y sus invitados pasaban uno de los mejores momentos. Todos se veían relajados, disfrutando sin darse cuenta de que el tiempo volaba y ya era casi hora de descansar. Entonces, Héctor les ofreció quedarse para que ya no tuvieran que salir a esas horas de la noche.

–Ya saben que mi casa siempre va a ser su casa, por favor no duden en ponerse cómodos, ¡pueden quedarse el tiempo que quieran!– continuaba Héctor.

–Gracias, te voy a tomar la palabra. Estoy algo cansado– contestó el Abuelo. Y cuando buscaba un sofá reclinable que se encontraba al final de la sala, ¡se desplomó en medio de todos con un semblante característico al de un infarto!

• • • • • • • • • • • • • • • • • • • •

Y por los días del jaguar, de aquellas noches sin luna, el canto de este mundo armoniza el paisaje que desprende un sinfín de colores, de abundancia casi infinita. El obsequio de los dioses es tan puro y honesto, la energía con que se fecunda la tierra trae consigo mensajes de esperanza, de sabor, de unión, de valores inquebrantables, de un encanto perdurable.

En el lago perfumado de vida descansa la naturaleza mágica, extendiendo sus ojos para ofrecernos un tenue reflejo de su pureza y belleza. Al extender su cuerpo líquido, nos invita a su encuentro, pasivo, inofensivo en la orilla. ¿Pero en la profundidad? Es solo el comienzo de historias, leyendas que cuentan los viejos.

–Shhh, no hagas ruido, ¿quieres peces?– murmuró Xelhua.

–¿Queee? ¡No estoy haciendo ruido!– contestó Balam.

–¡Tu estómago hace tanto ruido que delata lo hambriento que estás!– dijo Xelhua en un tono de burla.

–Está bien, Sr. de los peces, ¿por qué no me dejo en las rocas para esperar su triunfal regreso?– replicó Balam irónicamente.

–¡Shhh!– continuaba Xelhua, mirando a los peces algo nerviosos por su presencia.

–¿Por qué no vamos del otro lado?– preguntó Balam entusiasmado –Tengo el presentimiento que allá hay peces dorados!

–No, yo no creo.– dijo Xelhua.

–¿Tienes miedo?– preguntó Balam.

–¿Queee? ¿Miedo de qué?– respondió Xelhua mirando a su primo a los ojos.

–De lo que cuenta el Abuelo, tú sabes, ¡de sus leyendas tontas!– respondió Balam en tono provocativo.

–¡Claro que no, y no vuelvas a decir que son tontas!– contestó Xelhua en defensa del querido Abuelo.

–Ja, ja, ja, ¡yo nadaré y sacaré a los peces! ¡Me cansé de esperar!– Al instante saltó Balam.

–¡ARRGHH, espérame!– lo siguió Xelhua en el intento por conseguir algo.

• • • • • • • • • • • • • • • • • • •

En el fondo de los seres late la vida hasta encontrar la muerte, un repentino desenlace de los frutos terrenales, o el comienzo de viajes astrales en imaginativas capas de polvo acumulado por centurias en nuestro espejo, en nuestro interior. La fábula de eternidad que nos ha contagiado desde los primeros vestigios humanos nos alienta y nutre de esperanza, pero ¿a qué precio? Los cadáveres vivos que se han tragado el parásito de lejanas latitudes viven envenenados, enfermos de avaricia y poder. Insatisfechos seres que rinden tributo a sus reyes de remotos templos, remotos cielos, encuentran en este lado su alimento.

> *Y los títeres de carne que bailan y cantan tras cortinas*
> *de humo, con hilos de sangre controlados por un*
> *majestuoso corazón de luz, se riegan sobre la tierra. La*
> *sequedad de sus almas, obsequio del ave de fuego que*
> *espera tranquila en su nido de flores de lava.*

Los episodios cronológicos, tal vez inéditos, tal vez ya vividos, recorren en espiral una y otra vez sin reparo, la ilusión del tiempo en su lenguaje cuántico desvanece la idea de libertad en esta prisión al aire libre, rodeada por los muros de hielo que recorren los confines de un mundo imaginario.

> *Enajenada va la especie humana, buscando*
> *luminosidad que embriaga, provocativa sustancia de*
> *anhelos contagiosos, dándole razón al tiempo, que*
> *son solo etapas de compromiso con nuestros cuerpos.*
> *Olvidas la lluvia, olvidas el canto de nuestro pájaro*
> *milenario, olvidas la mano que guiaba tu espíritu,*
> *olvidas la magia que enriquece tus sentidos.*

· · · · · · · · · · · · · · · · · · · ·

–¡Volver a empezar!– Xelhua despierta y prosigue. –Cada mañana ayudo al Abuelo, sus tareas sin final parecen cambiar de dueño rápidamente, ¡fugaz diría yo! Y como todos los días, encuentro lugar de honor para darle la bienvenida al rey, que muestra su majestuoso rostro para dar vida y calor al lado opuesto de las estrellas. La bruma juguetea por la colina despierta, teñida de rojo, morado y esporádicos grises que presumen las flores enamoradas de la tierra, ¡siempre fértil, siempre virgen!

–En realidad, el trabajo aquí es muy agradable para mí, me gusta levantarme temprano, respirar aire fresco y pensar; al poner mis pies sobre el pasto mojado, avanzar hasta el pequeño puente que el tiempo ha empezado a reclamar porque es suyo. El olor a tierra mojada, la explosión de colores que viste el panorama. A pesar de que está un poco nublado, el cielo parece no tener principio ni fin, entre aquellas inmensas nubes de color azul dramático.

–El sol, con su increíble esplendor, se asoma por una pequeña rendija para acompañar a esta tierra en su espiral. Dibuja una sensación de sonreír tímidamente, al saber que puedo y que pertenezco a esta maravillosa atmósfera. Repleta de abundancia, abundancia viva que transforma sin destruir la emoción en todas y cada una de las partículas de mi cuerpo, desencadenando así el encanto por seguir adelante.–

–¡Cómo has crecido, mi niño!– exclamó el Abuelo. –¡Ahora ya eres grande y fuerte! Tal vez puedas ayudarme con tareas más complicadas.

–¡Claro que sí, Abuelo, lo que necesites!– exclamó el niño con la misma energía que actuaría un jovencito lleno de vida que trabaja en un ambiente de campo. –¿Por qué no nos quedamos en la ciudad con mi papá?– preguntó Xelhua un poco consternado.

–Mira, hijo– contestó el Abuelo –en la ciudad se concentra todo tipo de energía, todo tipo de frecuencias, y mucha de esa energía frívola de espeluznante plástico interfiere con las recepciones de mi interior, ¡soy una antena sensorial! ¡Ja, ja, ja!

Continuaba el Abuelo en tono burlón. –Además– insistía –la gente comenzaba a rumorar que me habían escuchado aullar como un lobo en luna llena. ¡Me habían visto arrastrarme como una serpiente por las calles desiertas, y volar como un murciélago por las noches tenues, púrpuras! ¡Ja, ja, ja! Además, tu Padre accedió a que me ayudaras por aquí con las tareas.– exclamó el Abuelo disfrutando de su charla.

Xelhua frunció el ceño, volteó su mirada al suelo en señal de confusión, sin cuestionar, pero dentro de sí había un sentimiento de incertidumbre ya que recordaba lo que decía la gente acerca de su Abuelo. Pero al mismo tiempo sentía esa bravura del interno mar que casi brincaba de su pecho, ¡pero no entendía el por qué!

–¿Tú también crees que estoy loco?– preguntó el Abuelo, casi sabiendo la respuesta.

–¡Claro que no!– contestó Xelhua con firmeza, pero dejando escapar una mirada confusa.

–Mira, Xelhua, las cosas más pequeñas son las que conforman el todo perpetuo. A veces no entendemos eso y solo pensamos en las cosas enormes, ¡y nos olvidamos de las cosas que realmente valen la pena vivir! Como la perfección de las camelias, el trino de las aves que con la siringe y sus decibelios endulzan las mañanas, ¡el aroma de la vida que crece en la tierra! ¿Te he platicado de esos pequeños seres que con su trabajo pueden sostener a toda la especie humana?– preguntó el Abuelo entusiasmado.

–¿Cuáles?– respondió Xelhua con toda la atención.

El Abuelo prosiguió:

En una noche tan tímida,
las nubes errantes encubren la sonrisa de una luna
desvelada, latente,
enmarcando el instante en que una reina nueva en
vestidos amarillentos vibrantes, ¡cuenta un secreto
a sus lacayos!
La víspera de una colmena como morada
presagia un futuro de dulce ensueño y amargos desafíos.
El vientre metamorfo de algunas doncellas
esculpen en cera los receptáculos precisos y fértiles
para recibir su destino,
las hijas estériles emprenderán el viaje de la polinización,
el místico aroma de las flores
es la brújula que las timonea por los aires al unísono
de todo lo creado.

Xelhua con el rostro pensativo pero entregado a las historias del Abuelo, contestaba –¡Me encanta escuchar tus historias!

–Por eso te las cuento, Xelhua!– contestaba el Abuelo con una mirada pasiva, complaciente, como alguien que se siente querido, necesitado.

–Sabes, Xelhua, si aquellos animales tan pequeños pueden lograr cosas increíbles, ¡imagina lo que nosotros podemos hacer! Ahora, imagina que ellas producen la miel para poder sobrevivir a los inviernos, ahora, ¿tú crees que nosotros trabajamos, nos esforzamos para nosotros mismos? ¿O para alguien más, tal vez más grande, más poderoso?– preguntó el Abuelo algo intrigado por la respuesta del joven.

–¿Te refieres a Dios, Abuelo?– contestó Xelhua no tan seguro de su respuesta.

–¿Crees que Dios necesita que trabajemos para Él? O mejor dicho, ¿qué pudiera necesitar si Él lo es todo?– replicó el Abuelo en tono irónico.

Xelhua levantó la mirada contemplando la esfera azul, en silencio, meditativo. –No lo comprendo muy bien, Abuelo– respondió el joven un poco apenado.

–No necesitas comprenderlo, hijo, es solo un fluir, como el río que busca desembocar en la nada cósmica, ¡pero no te aflijas! En esta vida nadie sabe todo, y eso significa vivir, atreverse, instintos naturales para navegar hacia tu destino!– afirmó el Abuelo en tono de consuelo para reanimarlo.

–Vamos, Xelhua, ¿qué te parece si vamos al lago? Me gustaría caminar un poco– preguntó el Abuelo animado.

–¡Vamos! Me encanta ir al lago, es mi lugar favorito– respondía Xelhua con la misma alegría del Abuelo.

El camino al lago es muy apacible, la colina como preámbulo, se viste en diferentes colores según su estado de ánimo, se aproxima la primavera y la colina se prepara para cantar y bailar, para dar la bienvenida incondicional a sus visitantes. Los seres vivos, y también los inanimados, toman su lugar para disfrutar del momento.

–¿Recuerdas la primera vez que visitaste el lago?– interrumpió el Abuelo los pensamientos de Xelhua.

–Sí, recuerdo que le tenía miedo al lago y no quería acercarme. Ahora que lo pienso, mi Mamá estaba de muy mal humor, no quería venir. ¿Sabes por qué, Abuelo?– preguntaba Xelhua, ansioso de volcarse al pasado.

–De hecho, Xelhua, ¡esa fue la segunda vez que viniste al

lago!– contestaba el Abuelo, intrigando al muchacho.

–¿Cómo? Eso no me lo habías contado– contestó Xelhua, más que atento.

–La primera vez– prosiguió el Abuelo –tenías dos años, más o menos. Recuerdo que había un señor que tenía una pequeña lancha, de hecho, es la misma que siempre ha estado allí, fue lo que él dijo, así que decidimos subir y dar un pequeño paseo.

–¡Todos lo disfrutábamos! Solo nosotros, tu mamá, tu papá, tú y yo. Cuando nos alejamos un poco más, y todo parecía muy tranquilo, algo golpeó la lancha, como si el agua tratara de decirnos algo, pero no pusimos demasiada atención a eso.

–Yo me disponía a preparar la carnada para colocarla en el anzuelo de la caña que llevaba, tenía un buen presentimiento de que pescaría algo. ¡Entonces sucedió! Fue tan rápido, hubo otro aviso del agua, pero esta vez más brusco, y la lancha golpeó una roca o algo, así nos pareció, ¡y fue entonces cuando caíste al agua!

Xelhua quedó impresionado con lo que estaba escuchando, y ansioso preguntó: ¿Qué pasó después?

El Abuelo continuó: –Fue tan rápido, tu mamá gritó tan fuerte tu nombre que bloqueó todo pensamiento, ¡todo lo que había a mi alrededor no existía para mí! Así que sujeté mi daga ¡y me lance en tu rescate!–

Xelhua sentía una emoción indescriptible, preocupación, ¡muchos sentimientos entrelazados con sus pensamientos! Entonces detuvo sus pasos para mirar un sauce viejo que parecía escuchar el interior de Xelhua, y el ajetreo de sus hojas tranquilizaba un poco al muchacho.

–Imagino cómo te sientes, Xelhua– decía el Abuelo en

un tono comprensivo.

Xelhua mantenía un silencio diferente. Quería saber, y al mismo tiempo, no quería hacerlo.

El Abuelo preguntó: ¿Estás listo para seguir escuchando lo que tengo que decirte, hijo?

–Sí, Abuelo– contestó Xelhua, aún presintiendo algo más impactante.

–Cuando me lancé al agua,– continuaba el Abuelo dejando escapar un leve suspiro –todo era muy obscuro, no podía encontrarte. Me pareció que el tiempo detuvo su marcha un momento, y entonces, entre mi desesperación, comencé a ver con claridad, y luego cada vez más y más claro! ¡Hasta que surgió una visión casi radiante!

–Sentía cómo vibraba el entorno, podía escuchar el agua y sus murmullos. No sé cuánto tiempo pasó, pero, empezaba a sentirme parte del agua, en la misma increíble frecuencia!

–Cuando volví de aquel trance surrealista, volteé mi mirada con una precisión y una rapidez inhumana, y comencé a nadar increíblemente rápido, casi incontrolable, ¡y allí fue cuando te encontré! Parecía que te sumergían aceleradamente, pero pude alcanzarte, y cuando te tuve cerca, observé que un brazo amorfo te sujetaba y trataba de alejarte de mí, ¡Entonces lo vi! ¡Una extraña criatura quería alejarte de nosotros, Xelhua!

Xelhua palideció, y por su mente pasaban todas las imágenes de la gente que consideraba al Abuelo un lunático, pero en su interior, también sabía que el Abuelo no estaba loco y que no tenía ninguna razón de inventar una historia como esa.

Xelhua miró directamente a los ojos del Abuelo sin decir una

9

palabra, pero los ojos de Xelhua casi se derretían en llanto incitando al Abuelo que continuara con el relato.

–Entonces,– dijo el Abuelo –pude transmitir cierto lenguaje con la criatura, sin mover los labios, o sin ningún tipo de movimiento al que estamos acostumbrados los humanos para comunicarnos, como algo telepático pienso yo.

–De repente la criatura atrajo su atención hacia mí y claramente escuché que me respondía.

–"¿Quién eres?" preguntó la criatura, asombrada de que podía escuchar y entender su lenguaje.

–"¡Devuelve al niño!" le respondí envalentonado, ¡dispuesto a pelear! La criatura te soltó y se perdió ágilmente. Así pude tomarte entre mis brazos que estaban tan pálidos, ¡irreconocibles! Salimos por otra orilla del lago y quise revisarte para saber que te encontrabas bien, pero ¡empecé a ahogarme ya estando afuera del agua! Fue muy extraño, parece que me desmayé, y cuando desperté, vi a tu Papá tratando de reanimarme. ¡Tuvimos suerte, muchacho, seguimos vivos!–

Después de escuchar el relato, Xelhua se sintió más relajado, como si hubiera liberado cierta tensión, pero necesitaba despejar algunas dudas de cualquier modo.

Xelhua presentía, o como que algo crecía, en su interior. Alguna fuerza lo impulsaba a seguir adelante ahora que sabía que pudo haber muerto algunos años atrás.

–¿Qué piensas muchacho, cómo te sientes?– preguntaba el Abuelo.

–No sé como agradecerte, Abuelo, ahora siento que te debo la vida– contestó Xelhua algo apenado.

–Jaja, no tienes nada que agradecerme, hijo, ¡era mi deber!

Yo insistí en subir a la lancha, me sentí responsable. Además, ¡tú sabes que te amo, hijo!– decía el Abuelo satisfecho de lo que decía.

Xelhua trataba de imaginar una y otra vez lo sucedido, pero de todo el relato, había algo que lo tenía muy intrigado, así que preguntó.

–Abuelo, ¿por qué mencionaste que sujetaste tu daga antes de saltar al agua?–

El Abuelo había mencionado la daga con el propósito de que Xelhua se interesara en aquel legendario y misterioso artefacto. Logró su objetivo.

· · · · · · · · · · · · · · · · · · · ·

–LA LEYENDA–
segunda parte

La daga que ha vagado entre historias, mitos, secretos, se instala nuevamente en este periodo terrenal. La precisión de los ciclos lunares en comunión con el vaivén del sol entrando en su respectiva casa una y otra vez, colma de sabiduría a esta atmósfera.

El encuentro con Xelhua es inevitable, tal vez el destino, tal vez coincidencia, tal vez la marejada de emociones. Las vibraciones cuánticas, el microcosmos y su perfecta armonía, otorga el nuevo renacer.

–Xelhua, me gustaría platicar contigo algo muy importante– comenzaba el Abuelo en un tono tranquilo y a la vez con seriedad.

–Soy todo oídos, Abuelo– contestaba Xelhua.

–Mira, Xelhua– se preparaba el Abuelo con un suspiro –desde los ecos de Xibalbá con sus señores y sus muertos, el inframundo con Mictlantecuhtli como su anfitrión, hasta el portal a través de los sarcófagos egipcios para el juicio de Osiris, ¡todo está conectado, hijo! Hades y el reino de sus muertos también se entrelazan, ¡y todos los cielos de Enoch! Tienen sus vínculos con nuestros ancestros. Y la daga, hijo mío, ¡me lo ha enseñado todo!

Xelhua sabía que su vida alteraría su curso en ese momento y se disponía a aceptar su destino.

–Cuando todo comenzaba– proseguía el Abuelo –cuando la nada reinaba en el futuro primitivo, cumpliendo su ciclo cósmico para dar fruto a la sexta reencarnación de la vida en el mundo, un puñado de estrellas se desplomó de las alturas para otorgar una forma de existencia, resultado de un exilio divino, como "castigo" de todos los dioses, o enviados a fecundar planetas por sus líderes mal–llamados Dioses.

–El andar de los primigenios, los abuelos, los originales, en un lapso cautivo de exploración etérea, encuentran la fórmula, el arte divino, la mixtura de unidades eléctricas, vibraciones atómicas, reacciones químicas, y además los ingredientes irracionales. Se sirven en un plano dócil, un canvas virgen, ¡la premura de una nueva especie toma su forma!

–En los días sin tiempo, de la formación, la creación del mundo de acuerdo a los sacrificios de los dioses, no podía completarse debido a que Xólotl, el hermano gemelo de Quetzalcóatl, no concebía la idea de entregarse al fuego para dar movimiento a los astros como el último paso para mecanizar la vida y la supervivencia de los primeros hombres.

–Xólotl decidió desaparecer, escapar de su destino, viajó al sur en busca del Maestro Brujo para que intercediera por Él y así encontrarse con Yahualli, que esperaba en el bosque escondido de nebulosas y portales antes de llegar a Xibalbá. A su tiempo, al encontrarse Xólotl frente a ella, una especie de criatura con aspecto de hechicera, pero compuesta de diferentes partes, unas mecánicas, otras silvestres, era difícil encontrar una forma específica entre ramas enmarañadas, líquidos efervescentes, metales en movimiento, ¡era como un laboratorio viviente!

–Su rostro estaba cubierto con algo así como una manta. ¡Solo el destello que parecía su ojo comenzó a hablar para dar la bienvenida a Xólotl!

–"¿Por qué has venido? ¿Quién eres?" preguntó Yahualli.

–El Maestro Brujo se adelantó a Xólotl y respondió: "El momento lo alcanzó, Yahualli. Lo conozco. Es el hermano de Quetzalcóatl y viene a pedir un favor."

–Yahualli volteó hacia Xólotl para preguntarle: "¿Sabías que, hagas lo que hagas, tu destino es irrevocable, trazado en el mapa estelar de la transmigración cósmica y eterna?"

–"Siempre existe una ilusión holográfica disfrazada de esperanza" respondió Xólotl.

–"El engaño tiene un precio muy elevado, príncipe del fuego" contestó Yahualli.

–"Es de valientes tomar los riesgos" dijo Xólotl.

–"O de cobardes, escapar de su destino" replicó Yahualli.

–Xólotl aceptaba en ese momento su nuevo destino, el que Él se había moldeado, vivir una vida fugitiva, prófugo de la divinidad en aparente libertad.

–Al momento, Yahualli forjó una reliquia en forma de caga, de un material desconocido, en el fondo de sus entrañas para posteriormente concederla a Xólotl.

–"¡Acepta esta daga!" continuaba Yahualli. "Como signo de tu renacer. A mí no me debes nada" insistió. "El precio a pagar recorre a tu lado por todos los caminos, ¡es tu sombra! La daga te ayudará a moverte rápidamente, a esconderte, pero recuerda que es evolutiva. Con el pasar de los soles encontrará nuevas virtudes con sus respectivos defectos.

–Xólotl ofreció una reverencia y al tiempo tres plumas de quetzal capaces de manipular el fuego. Enseguida emprendió su andar con ojos y perspectivas diferentes para su nuevo mundo.

–Por el contrario, Huitzilopochtli enfureció al saber que Xólotl había escapado, así que llamó a Ehécatl para que recorriera los confines de los mundos para traer a Xólotl de inmediato. Ehécatl irrumpía de norte a sur, de este a oeste, conversaba con Eolo del encargo de su Señor. Traer a Xólotl era la misión.

–Las ráfagas de viento entraban, salían y se deslizaban por montañas y llanuras; las épocas de viento no daban signos de sosiego.

–Una vez, al darse cuenta de que el viento lo seguía, Xólotl tomó la daga con fuerza y pudo transformarse en un maguey, despistando a Ehécatl, quien pasó a un lado de Él sin reparo.

–Una vez más, Xólotl alteró su cuerpo para esconderse, tomando forma de una hoja de maíz para volver a escapar.

–La captura de Xólotl era inminente, Ehécatl seguía sus pasos cada vez más cerca; las posibilidades de escapar eran menos probables. Entonces, en su desesperación, Xólotl tomó la daga una vez más con fuerza, y se lanzó al lago como última opción. Ya bajo el agua, Xólotl se transformó en un ajolote, y así pudo esconderse para extender su cada vez más mermada existencia.

–El tiempo que Xólotl sobrevivió bajo el agua le ayudó a elaborar un plan en caso de que Ehécatl lo encontrara. Aprendió que los ajolotes tenían la facultad de regenerar sus cuerpos, e incluso ¡regenerar su corazón!

–Xólotl comenzó a tallar una roca que serviría como un baúl para esconder la daga. El plan consistía en dejar un pedazo de su corazón junto a la daga, para que con el tiempo pudiera regenerarse, y así volver a la vida.

–Colectó todo tipo de raíces para entrelazar una cuerda de la cual podía amarrarse al baúl y poder conservar una parte de su cuerpo cuando Ehécatl apareciera.

–El momento llegó. Después de un largo tiempo de búsqueda, los vientos empezaron a remolinear las aguas pacíficas del lago. Ehécatl sabía que Xólotl estaba cerca, así que lanzó toda su furia. Al percatarse, Xólotl nadó tan rápido como pudo hacia el baúl que ya tenía las raíces amarradas y ató uno de sus brazos.

–Ehécatl tomó con fuerza el cuerpo de Xólotl para separarlo de las aguas. El movimiento fue tan violento que ¡arrancó el cuerpo de Xólotl dejando atrás el brazo con un pedazo de su corazón atado al baúl de piedra!

–Ehécatl llevó a Xólotl ante Huitzilopochtli en Teotihuacan para continuar con el ritual de sangre y fuego para dar movimiento a los astros y comenzar la vida de su creación.

–El cuerpo de Xólotl, mal herido, fue lanzado al volcán del comienzo junto con su corazón fragmentado, y el círculo quedó imperfecto, quedando una ranura abierta. Y así quedó abierto el portal del corazón obscuro, los opuestos, ¡lo inconsciente!–

capítulo dos

LA GRAN ALTÉPETL

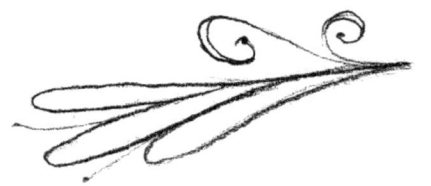

Al pasar de los días, Xelhua continuaba sus labores como si nada hubiera pasado, el tiempo transcurría y él no preguntaba nada, como si todo aquello hubiera sido una ilusión, un sueño; el Abuelo por su parte sabía que tenía que darle la daga para que Xelhua comenzará su jornada, pero, no sabía si Xelhua quería aceptar esa responsabilidad que cargaba la familia por tantos años.

Entonces, un día Xelhua preguntó –Abuelo, crees que la criatura que intentaba llevarme a las profundidades cuando era casi un bebe, ¿era Xólotl?–

–No lo sé hijo– contestaba el Abuelo –pero existe una posibilidad. A través de la historia de nuestros ancestros, muchas personas y criaturas han querido llevarse la daga, y nuestras vidas también. Se cuenta que un hombre transformado en chacal persiguió al abuelo de mi abuelo hasta las colinas para terminar en una feroz batalla. El abuelo murió posteriormente a causa de sus heridas.

–Mira, Xelhua– continuaba el Abuelo –al principio, cuando nuestros antepasados, me refiero a nuestra familia, cuando ellos encontraron la daga, no sabían exactamente lo que era, mucho menos sabían de su extraño poder.

–Cuentan que la primera vez, al descubrir el poder de la daga, se asustaron tanto que decidieron guardarla por un largo tiempo. Entonces, un día llegaron a la aldea algunos guerreros, al parecer Toltecas, que querían llevarse algunas personas para convertirlas en "Tlatlacotín." El pueblo se unió para la resistencia, y uno de nuestros ancestros de nombre Ocelotl, ¡se lanzó en busca de la daga para tener alguna manera de protección!

–Al instante, su cuerpo comenzó a deformarse. Los guerreros no entendían bien lo que pasaba. Uno de ellos se acercó con una lanza y ¡el Abuelo Ocelotl la partió de un zarpazo! Los guerreros recularon, pero su valentía les impedía alejarse, así que decidieron enfrentarlo. La descripción era de un monstruo mitad jaguar mitad humano que avanzaba rápidamente ¡con un semblante feroz y salvaje! Uno por uno los guerreros fueron despedazados, ¡el olor a muerte y sangre era indescriptible!

–¡Los guerreros que quedaron vivos no tuvieron opción más que salir despavoridos de la escena! El Abuelo Ocelotl huyó a las montañas y fue encontrado muerto a consecuencia de la batalla con los guerreros, y la daga fue recuperada.–

Al escuchar aquellas historias, Xelhua sentía un desapego poco a poco a la realidad en la que vivía. Sus pensamientos y emociones vivían cada vez más en la daga y sus leyendas. En sueños, se sentía atrapado en el cuerpo de un jaguar o de un murciélago, y despertaba empapado en sudor algo asustado.

Xelhua decidió que era un buen momento para visitar a su padre en la ciudad y tratar de tener algunas reflexiones e ideas claras, para lo que él consideraba su inevitable destino.

–Me gustaría ir a la ciudad– comentó Xelhua al Abuelo.

–Claro, solo terminamos unas cuantas cosas por aquí y te acompaño– contestó el Abuelo animado.

Las dudas y preocupaciones nublan el panorama,
buscar un respiro o un trago de alivio
será un desafío,
en la soledad de nuestro interior descansa lo eterno,
en ese lugar divino construyes o destruyes
lo material o invisible;
en un pedazo de concreto
disfrazado de esperanza que nunca llega,

la ciudad te abraza,
vertiginosa huida entre tanta masa viviente,
somos una red de conectividad tan profunda,
y no sabemos descifrar el algoritmo primitivo.

El camino a la ciudad tenía sus pendientes, sus pequeños valles. Los colores empezaban a dar vida a los caminos rurales de despreocupada existencia, como si fueran ajenos a las enmarañadas vidas humanas.

Alguna liebre por ahí, alguna mariposa por allá, simplemente existiendo, simplemente cumpliendo su ciclo.

A lo lejos, se vislumbra la urbe opaca, no por falta de luz, sino por la dificultad de entender a dónde hemos llegado como especie, o hacia dónde nos dirigimos como civilización moderna. Tal vez no lo sabemos, o más bien, no queremos saberlo. Nos incomoda o es irrelevante debido a que hay situaciones más importantes como sobrevivir al día a día.

Cada vez más cerca a la ciudad, la simplificación y el dinamismo sin reparo son muy marcados. La automatización y la tecnología son el lenguaje del ahora.

–Mira, mira, ¡quién se apareció! ¿Está usted perdido?– preguntaba Balam, emocionado por ver a su querido primo.

–¡Qué hay de nuevo?– contestaba Xelhua, también con emoción.

–Nada nuevo– decía Balam –lo mismo de siempre. La ciudad enloquece de cada vez en cuando, tratando de liberar presión, me supongo. A veces no entiendo cómo la gente destruye cosas cuando está feliz, o también cuando es infeliz. Ja, ja, ¡creo que es un pequeño escape de la realidad! Pero dime, ¿qué te trae por acá? Oh, disculpa, Abuelo, no te he saludado.–

–¡Hola, muchacho! No te preocupes, en la ciudad todos somos invisibles– contestaba el Abuelo, algo irónico. –¿Cómo está tu padre?–

Balam se quedó un momento pensando y contestó:

–Ahora que lo mencionas, Abuelo, me imagino que mi papá está bien, casi no lo veo. Trabaja y trabaja, y luego tiempo extra. Y ahora creo que tienes razón, en la ciudad todos somos invisibles.–

La relación familiar de los primos se daba por el padre de Xelhua, Hector. Él era hermano del padre de Balam y ninguno era hijo del Abuelo, pero las familias se conocían de tiempo atrás. Los padres de Xelhua se separaron por algunas diferencias irreparables, desinterés, desamor, o tal vez, las familias influyeron para que se dieran esos términos.

En el amor se abren y cierran puertas debido a la falta de compromiso con nosotros mismos, dando como resultado el navegar entre espejismos, ilusiones, o las reacciones bioquímicas en nuestro cerebro cuales desarrollan diferentes aventuras constantemente como parte de nuestra naturaleza imperfecta aprendida por siglos.

–¡Me gustaría visitar a tu tío Fausto!– decía el Abuelo a Xelhua. –¿Quieres venir o prefieres quedarte aquí con Balam?–

–¡Vamos!– respondía Xelhua. –¿Quieres venir con nosotros Balam?–

–Claro, ¿por qué no? Vamos a visitar al otro viejo loco de tu tío– murmuraba entre dientes Balam volteando a ver a Xelhua.

De vuelta a las arterias de la urbe, la propaganda política adornaba por todos lados la ciudad, "vota por mi", decía un anuncio, "no votes por él", decía otro.

–¿Ya votaste, Abuelo?– preguntaba Balam.

–Así es– decía el Abuelo –¡yo voté por el conde Drácula! Al menos ese vampiro abiertamente y sin mentiras declaró que te chupará la sangre– contestaba con su peculiar forma burlona.

–A nosotros no nos importa nada de eso– continuaba el Abuelo –,aunque debería. El poder es un sentimiento noble, pero cuando juegas con los representantes del mismo, ¡es inevitable ensuciarse de su porquería! Solo es repartir el pastel entre ellos cada cierto tiempo, su juego, sus reglas. La democracia es solo una idea barata, como las banderas, las naciones, la moneda, la religión, todo es una invención de unos cuantos que solo estan en algun trono de oro por ahi despreocupadamente.–

–¿Quién maneja esos carros sin conductor?– interrumpió Xelhua mirando por la ventana.

–¡Aliens!– contestaba Balam burlándose de Xelhua.

–¡Hemos llegado al punto donde no hay vuelta atrás!– exclamaba el Abuelo. –Los algoritmos artificiales están más que instalados en nuestra forma de vida, es y siempre ha sido el plan de la especie humana, ¡evolucionar y desintegrarse para volver a empezar!–

Balam miraba a Xelhua con la misma mirada de siempre, "las locuras del Abuelo", aunque esta vez era algo diferente ya que Xelhua tenía otra perspectiva de "las locuras del Abuelo." Las vivía más de cerca, pero todavía sin ninguna prueba física.

Al llegar con el tío Fausto, el recibimiento no fue del todo cálido en comparación con el recibimiento de Balam. Fausto tenía un aspecto algo cansado, delgado y con el semblante no muy amigable. Parecía algo enfermo.

–¿Cómo has estado, hijo?– preguntó el Abuelo.

–Todo sigue igual– contestaba Fausto. –¿A qué debo el honor de su visita?–

–Solo pasamos a saludarte, tú sabes, saber cómo estás– respondía el Abuelo.

–¿Qué tal Xelhua? Ya no pareces aquel niño pequeño que dejé de ver hace algún tiempo– seguía Fausto con la conversación.

–¿Qué hay de nuevo, tío? ¡Gusto de verle!– decía Xelhua, algo animado.

–Bueno, ¿de nuevo? Tal vez el robot que está en mi lugar en la línea de producción donde trabajaba– respondió Fausto algo consternado. –¿Y tú, muchacho?– continuaba Fausto, refiriéndose a Balam. –Tenía mucho que no te veía.–

–Por ahí– respondía Balam sin muchas ganas de seguir la charla.

–Que pena escuchar que estás desempleado– continuaba el Abuelo.

–Al menos no soy el único– decía Fausto, en referencia a la falta de empleo de sus conocidos. –También en las bodegas, transportes, tiendas, en todos lados está pasando lo mismo.–

–Bueno, Xelhua y yo vamos a ir a la tienda por unos refrescos, o algo ¿verdad, Xelhua?– interrumpe Balam.

–Eh… ¡si!– contestaba Xelhua algo sorprendido. –¿Necesitan algo, Abuelo?

–No– contestaban los señores –tengan cuidado.–

–Y dime, Papá, ¿a qué has venido?– continuaba la charla Fausto.

–Te lo repito, sólo quería saber como estabas, si necesitabas algo. No he sabido mucho de ti desde hace tiempo– respondió el Abuelo.

–Pues, no, Papá, no necesito nada, estoy bien– respondió Fausto fríamente. –Cuando necesité algo, te fue imposible dármelo, y ¡tal vez mi hermano aún estuviera con vida!–

–¿Nunca vas a perdonarme, hijo?– respondió el Abuelo cabizbajo.

–Te pedí que te deshicieras de esa maldita daga porque era peligrosa y ¡veo que todavía la tienes! ¿Ahora qué? ¿Piensas hacer lo mismo con esos chamacos?–exclamaba Fausto algo alterado.

El Abuelo se encogió de hombros, avergonzado y triste por el recuerdo de su primogénito y el rechazo de su hijo.

La responsabilidad de mantener la daga en la familia ha sido una jornada dolorosa por la pérdida de muchos seres queridos. El tener algo de "mucho valor" cobra un precio tan alto también, y a veces pensamos si realmente vale la pena tanto sacrificio.

En los inicios de la vida que pretendía el Abuelo, de casarse, tener familia, un hogar, vio la luz su primer hijo, Eztli. Todo parecía tener sentido para el Abuelo, sentía que tenía una misión aún más importante que cuidar una daga.

Al principio, todo marchaba de lo mejor, y entonces llegó Fausto. Los dos crecieron en un ambiente tranquilo, de trabajo y mucho respeto. La Abuela tenía un gran corazón y amaba profundamente al Abuelo. La daga era algo que el Abuelo nunca mencionó a la Abuela, hasta que nació el segundo hijo, o más bien, hija, Mirea.

Cuando Mirea cumplió diez años, Etzli y Fausto tenían dieciséis y catorce respectivamente. Una noche, el Abuelo escuchó algunos ruidos. Presentía que algo sucedería. Al asomarse por la ventana, notó que algo se movía entre las sombras. Una forma extraña, como de un perro, merodeaba el lugar.

El Abuelo se apresuró hacia la puerta para estar seguro de que era solo un perro, pero al mirarlo de cerca, el animal comenzó a levantarse en dos patas y ¡se acercaba al Abuelo rápidamente!

El Abuelo, sin dudarlo, tomó la daga y sintió cómo su cuerpo comenzaba a encorvarse desde la espina dorsal hasta el cuello; sus extremidades ensanchadas parecían alargarse desproporcionadamente, y al final de sus manos unas poderosas garras apretaban con fuerza, listas para atacar.

¡La escena era increíble! El rostro del Abuelo desfigurado parecía entrelazarse entre el miedo y el coraje; la adrenalina se desparramaba por todo el lugar. El sentimiento de una pelea salvaje era inminente.

Todo esto sucumbía ante la mirada atónita de Eztli.

Las dos criaturas se adentraron hasta perderse en la oscuridad en una cruenta batalla de vida o muerte, los alaridos eran aterradores y todo terminaría en un silencio perturbador.

Eztli corrió en busca de su padre que yacía con señas de la contienda en una postura más humana, dejando atrás la licantropía experimentada.

• • • • • • • • • • • • • • • • • • • •

–¿Qué quieres tomar?– preguntaba Balam a su primo ya estando en la tienda.

–Agua está bien– contestó Xelhua.

–¿Y cómo van las cosas con el Abuelo?– seguía Balam. –¿Has pensado en regresar con tu papá, vivir aquí, en la ciudad?

–No por ahora– contestaba Xelhua.

–Me gustaría cambiar estos audífonos por unos mejores– interrumpió Balam, viendo los aparadores –y también necesito un cargador para mi celular, bueno, sólo el cable y unos lentes y…

–Espera– decía Xelhua. –¿Realmente necesitas todo eso?

–¡Claro!– continuaba Balam. –Oh, se me olvidaba que tú no tienes un teléfono todavía, ¿verdad? Ja, ja, ¿en qué mundo vives, Xelhua? ¿En un mundo de animales salvajes? ¡Ja, ja!

Xelhua, por un momento, se quedó pensativo. No por el materialismo sino por su mundo de animales salvajes. –Supongo que mi mundo tiene algo de salvaje– contestaba Xelhua en tono irónico pero de buen humor.

–¿Sólo vas a llevar el agua?– preguntó Balam. –¿Y qué tal a tus parientes lunáticos? ¿No les vas a llevar nada?

–Me dijeron que estaban bien– respondió Xelhua.

Al llegar a la caja, Balam pagó por una botella de agua y un refresco de lata. Al salir de la tienda, Balam sacó de entre su ropa toda la lista de lo que necesitaba: audífonos, cable, lentes y otras cosas.

–¿Ya lo ves ,Xelhua? En la ciudad no se necesita pagar por todo, ellos tienen mucho, ¡deben de compartir! ¡Ja, ja!– exclamaba Balam en un tono triunfante.

Xelhua lo miró a los ojos y sólo movió su cabeza en negativa referencia, pero con una tenue sonrisa.

Los muchachos caminaban de regreso a la casa del tío de

Xelhua y entonces Balam comentó –Pienso que ya es hora de tener un carro, ¿no lo crees, Xelhua?–

Los dos se miraron, pero sabiendo entre pensamientos la respuesta, ¡comenzaron a reír algo malévolos!

Al llegar a la casa, el ambiente era muy seco, frío. Los adultos no se dirigían la palabra, como si estuvieran muy distantes.

El silencio se tornó insostenible y Balam, con su tono siempre despreocupado, exclamó: –¡Bueno! parece que ya hemos terminado por aquí con nuestra visita, un gusto haberlo saludado, pero yo pienso que nosotros ¡ya nos vamos! ¿Verdad, Xelhua?

–Ah, um, ¿Abuelo?– contestó Xelhua, mirando al Abuelo algo sorprendido con los comentarios de su primo.

–¡Si!– contestó el Abuelo en señal de alivio. Era claro que ya no quería estar allí.

De regreso a casa de Balam, el Abuelo estaba muy pensativo, muy serio, casi no pronunciaba palabra alguna. Comenzó a recordar cuando Eztli lo encontró después de la pelea con el Chacal afuera de su casa.

• • • • • • • • • • • • • • • • • • •

Eztli lo llevó adentro como pudo y trató de curarlo. En ese momento, su mamá y hermanos no estaban en casa. Habían ido a visitar a algunas personas conocidas de su mamá, no muy lejos de allí.

La confusión y la sangre que envolvía ese momento tenían a Eztli desconcertado, pero logró mantener la calma y trató de parar una hemorragia que escurría por la pierna de su papá. Un torniquete con una madera y alguna sábana limpia que encontró fue suficiente por lo pronto.

El Abuelo en todo momento estaba consciente y ahora preocupado, no por las heridas sino por el hecho de que su secreto había sido descubierto.

–No te preocupes– decía el Abuelo –¡todo va estar bien!–

–¿Qué demonios fue eso?– preguntaba Eztli, todavía muy impactado.

–Es algo que necesitaba decirte, pero no había encontrado el momento– contestaba el Abuelo con dificultad.

Cuando la mamá de Eztli llegó a la casa, quedó muy sorprendida y algo preocupada. Preguntó qué había pasado. Entonces el Abuelo le contestó que un coyote lo había atacado afuera de la casa, volteando a ver a su hijo como queriendo ganar un poco de tiempo para recuperarse y poder hablar sobre lo acontecido.

. . . .

Ya en casa de Balam, Xelhua se sentía un poco intrigado por la actitud del Abuelo. Él quería visitar a su padre, Hector, pero, no se sentía cómodo para preguntarle si podía llevarlo.

–¡Me gustaría visitar a mi padre!– exclamó Xelhua.

–Vamos– contestó Balam –pero llámale primero para saber si está en casa, también es de esos que pasan desapercibidos en la ciudad.

El Abuelo, que seguía pensativo, volteó a ver a los muchachos y les dijo –¡Vamos! Yo los llevo.–

Caía la tarde y las calles se teñían de cierto hermetismo: las vías de respiración se cortan por tantos vehículos, un sentimiento de opresión domina los paisajes carentes de alma, la rutina disfrazada de apuro colma el espectáculo de desarrollo y progreso. ¿Qué pieza somos en este gran tablero de juego? ¿El triunfo es estéril para los grandes jugadores?

Acatar las órdenes, las reglas, mantener la calma, es lo primordial para los insignificantes lacayos que esperan ser devorados por las gigantescas bestias de avaricia y poder.

–¡Qué agradable sorpresa!– exclamaba Héctor, el padre de Xelhua –¿Por qué no me avisaron con tiempo que vendrían? ¡Hubiera preparado algo para cenar!

–Hola, papá, no te preocupes, podemos comprar algo cuando tengan hambre– contestaba Xelhua algo serio, pero no podía ocultar sentirse bien de ver a su papá.

–¿Qué tal, Abuelo, cómo estuvo el viaje?– continuaba Héctor. –El tráfico se pone muy pesado.

–¿Cómo has estado, Héctor? Gusto de verte, y bueno, el tráfico, inevitable por lo pronto pero ¡ya viajaremos en drones! Tal vez suavice las cosas con el tráfico, y ya después tendremos que lidiar con algo más– contestaba el Abuelo con un tono cordial, de buenos amigos.

–¡Balam! Tanto tiempo sin verte– continuaba Héctor dando la bienvenida a todos.

–¡Tío! Allí donde trabajas, ¿están fabricando esos drones, no?– preguntaba Balam siempre con su tono irónico.

–Pues, todavía no, pero deberías ir a visitarme alguna vez. Tal vez te guste y quieras quedarte a trabajar– contestaba Héctor regresando la ironía.

–Muchas gracias por la invitación, pero ¡prefiero la libertad para explotar mis talentos! Ya alguien más se encargará de patrocinarlos– contestaba Balam, algo irritado por la charla.

Héctor, después de separarse de Mirea, decidió vivir solo. No tuvo intención de intentarlo nuevamente. La relación con su hijo y su expareja era hasta cierto punto amigable, tras decidir que Mirea debería quedarse con la potestad de Xelhua. Nunca recurrieron a un tribunal para decidir por ellos, pero las cosas no eran muy claras para Xelhua, con respecto a la separación de sus padres, o tal vez era muy pequeño para entenderlo, pero ahora era diferente. Xelhua ya había crecido, y en ese momento, dentro de él, inconscientemente, trataría de averiguarlo.

Después de la cena y las interminables charlas, el anfitrión y sus invitados pasaban uno de los mejores momentos. Todos se veían relajados, disfrutando sin darse cuenta de que el tiempo volaba y ya era casi hora de descansar, entonces Héctor les ofreció quedarse para que ya no tuvieran que salir a esas horas de la noche.

–Ya saben que mi casa siempre va a ser su casa, por favor no duden en ponerse cómodos, ¡pueden quedarse el tiempo que quieran!– continuaba Héctor.

–Gracias, te voy a tomar la palabra. Estoy algo cansado– contestó el Abuelo. Y cuando buscaba un sofá reclinable que se encontraba al final de la sala, ¡se desplomó en medio de todos con un semblante característico al de un infarto!

Rápidamente Héctor se apresuró a reanimarlo mientras Balam llamaba a emergencias; de las risas a la preocupación en un instante, como la vida misma, sin detenerse a pensar en nada ni en nadie, solo siguiendo su curso, interminable.

Al descubrir el pecho del Abuelo para aplicar los primeros auxilios, Héctor se encontró con la daga que colgaba de su cuello, y por un instante, también su corazón se enfrió por la impresión de aquel objeto, como si hubiera visto un fantasma. Xelhua volteó a ver a su padre a los ojos, y en silencio, compartió el frío de la escena.

Camino al hospital, Xelhua y su padre cambiaban palabras de apoyo, de consuelo, y no mencionaron la daga en ningún momento, ya que era muy imprudente por la situación en la que se encontraban. Pero era cuestión de tiempo.

Ya en la sala de espera del cuarto de emergencias, la incertidumbre crecía y el tiempo se detenía esperando tener noticias del Abuelo.

Todos los recuerdos y aventuras se contenían en los suspiros de todos.

Recordando algunas de tantas palabras del Abuelo acerca de la muerte y sus misterios, sonaban algo así:

Y la muerte vieja en su comienzo eterno,
enmarca el fugaz andar de tus horas imperfectas,
de tus tristes alegrías secas,
de tu retorcida inconsciencia que platica con tu
    conciencia,
despójate de tus entrañables males,
y ofrece tus cuentas al majestuoso cielo,
que cuando el último grano de arena,
acomodado quede en el fondo,
¡nuevamente brillará el enajenante tesoro!

Tal vez reencarnación, o tal vez consuelo, detrás de una tenue cortina que separa a la vida de los muertos, del aquí ahora, o solo recuerdos que se diluyen con los vientos. Algo que atraviesa el alma sin explicación alguna.

Después de algunas horas, apareció el doctor para confirmar el paro cardíaco. Se quedará en observación por unos días y lo conveniente era dejarlo descansar.

El médico se retiró y era el turno de la enfermera que se aproximaba con algún papeleo y una bolsa con algunas pertenencias del Abuelo. Rápidamente Héctor tomó la bolsa, firmó los papeles, y se dirigió a la sala de espera.

–Debemos avisarle a tu madre, Xelhua– decía Héctor –y pienso que lo mejor sería regresar a casa, descansar un poco. Aquí no podemos quedarnos. Después regresamos.

Los muchachos afirmaron con la cabeza y regresaron a casa de Héctor.

Ya en la casa, los muchachos trataron de dormir un poco mientras Héctor buscaba en las pertenencias del Abuelo, tratando de encontrar la daga, pero esta no se hallaba por ninguna parte. Héctor suspiró de alivio.

Cuando regresaron al hospital, el Abuelo todavía estaba delicado, pero con dificultad pidió ver a su nieto. Este, a su vez, comenzó a dirigirse hasta el cuarto donde se encontraba el Abuelo.

El camino fue un poco desconcertante para Xelhua, ya que se encontraba con toda clase de gente, algunos heridos, otros enfermos. Era como caminar entre muertos para él. Al llegar al cuarto, allí yacía el Abuelo con aparatos y mangueras conectadas a su cuerpo. La imágen no era muy alentadora para ambos.

–Es… tiem… po.– decía el Abuelo con dificultad.

–Tranquilo, Abuelo, no te esfuerces demasiado, todo va a estar bien– contestaba Xelhua con los ojos humedecidos.

–A… cér… cate, hijo– continuaba el Abuelo.

Mientras Xelhua se acercaba, el Abuelo trataba de sacar su mano de entre las sábanas con la misma dificultad, y le dijo lentamente –Nunca la he usado herido o enfermo, no lo creo conveniente hijo, pero ahora te pertenece, ¡eres la persona indicada!–

Al momento en que pronunciaba estas palabras, el Abuelo sostenía la daga por la parte del collar que en realidad era un material parecido a la piel de algún animal. Xelhua estaba en un momento de incredulidad o pánico. La daga que había tocado solo en sueños estaba delante de él, en un tratado poco inconveniente debido a la situación inimaginable del Abuelo. Xelhua pensaba que el acercamiento a la daga sería en diferentes términos, pero la marea indescifrable de la vida nunca tiene preferidos, ni situaciones buenas o malas, simplemente somos espectadores de todo lo que gira y se desplaza como un espasmo de tiempo y espacio.

Xelhua se sentía presionado y no quería contradecir al Abuelo en ese estado, pero no sabía cómo reaccionar, y no quería hacer que el Abuelo se esforzara más de lo recomendado.

–Está bien, Abuelo, yo cuidaré de la daga mientras te recuperas. Tu salud es lo más importante en estos momentos, no te preocupes– decía Xelhua, tratando de hacer sentir bien al Abuelo.

–No entiendes muchacho, ¡yo me tengo que ir! Lo presiento…– continuaba el Abuelo con dificultad.

–No digas eso, Abuelo. ¡Vas a estar bien!– el apoyo de Xelhua no cesaba.

–Para que la daga funcione– continuaba el Abuelo como haciendo el último esfuerzo –,tienes que empuñarla con fuerza. No hay un método o un manual para manejarla, solo tú podrás lograrlo, manteniendo la calma, estudiando. Eres un buen muchacho y ¡yo sé que lo vas a lograr!

–No te preocupes, hijo, el miedo a lo desconocido es muy natural, y por el bien de todos, ¡no dejes que nadie toque la daga ni mucho menos que te la quiten! ¡Tienes que prometerme, Xelhua, que lo harás!–

Todas aquellas palabras retumbaban con fuerza en el muchacho. La responsabilidad y el cambio tan abrupto eran muy difíciles de digerir en ese momento. Todo parecía ir de la mano de una despedida, y eso era lo más impactante para el muchacho, cuando de pronto…

El doctor entró al cuarto y le pidió a Xelhua que dejara descansar al Abuelo; que podía esperar afuera con los demás.

–Está bien, doctor– decía el muchacho –y… Abuelo ¡te esperamos acá afuera! ¡Yo sé que eres fuerte y vas a estar bien!

–Me lo prometes, ¿verdad?– preguntaba el Abuelo con firmeza.

–¡Lo prometo, Abuelo!– contestaba Xelhua dando la media vuelta para salir del cuarto.

capítulo tres

TODO CAMBIO TIENE SU RIESGO

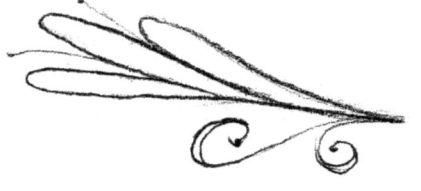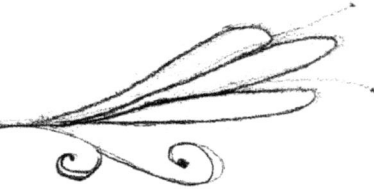

Xelhua acordó vivir con su papá mientras el Abuelo se recuperaba. Los doctores recomendaron de tres a cuatro días en observación. Las visitas eran limitadas, así que tenía que esperar su turno. Mientras, Xelhua se la pasaba con su primo sin mucho que hacer.

Balam no trabajaba ni estudiaba, le gustaba la fotografía y se la pasaba soñando con tener una profesión como fotógrafo, pero a veces su manera de ser tan despreocupado, lo empujaba a tener algunos problemas, especialmente porque tomaba las cosas que no eran suyas.

–¡Vamos a la tienda!– decía Balam a Xelhua.

–¿Vas a pagar?– contestaba Xelhua entre irónico y nervioso a la vez, ya que nunca le había dicho eso a su primo.

–¡De qué estas hablando, tonto! Claro que no voy a pagar– respondía Balam, animado y preparándose para salir. –Tú puedes esperarme afuera, ¡miedoso!– continuaba Balam.

Y en realidad, Xelhua tenía miedo. Pero no de robar, sino que en todo instante su mente giraba en torno a la daga que tenía guardada en el bolsillo izquierdo de su pantalón. En cierto momento, Xelhua sentía que la daga palpitaba y cada vez más intensamente. Hasta pensaba que todo el mundo sabía que él tenía la daga, y todas las miradas lo inculpaban de algo. De repente sentía que la temperatura subía muy incómodamente, hasta derramar algo de sudor por su frente.

–Ja, ja ¿ya estás sudando, enano?– preguntaba Balam, divirtiéndose al ver a su primo limpiándose el sudor con un trapo.

–¡Vámonos ya!– decía Xelhua, tratando de ocultar el bochorno.

–Ja, ja, está bien, vámonos. ¿Espero que no te dé miedo subir al autobús? Vamos a ir un poco más lejos esta vez– continuaba Balam todavía con una sonrisa en su rostro.

Ya dentro del autobús, la marejada de personas se dejaba sentir. Murmullos, quejas, insultos, carcajadas, eran el lenguaje de aquella nave tan singular; son las venas de la ciudad. Los glóbulos blancos y rojos interactúan con tejidos de algarabía marcada hasta las entrañas.

Es imposible olvidar las palabras del Abuelo:

"En un armario ambulante de distinguida apariencia,
se concentran millones de células vivas,
con la mirada pasiva intercambian cansancio,
transportan sus máquinas a lugares distintos y alejados,
tal vez sea rutina de escasa alegría,
tal vez sea tu ciclo que para en cada esquina;
El movimiento adormece mi cuerpo callado,
el vaivén de murmullos, construye dibujos
en mis ojos cerrados."

–¿De dónde sale tanta gente?– preguntaba Xelhua.

–Son los espejismos– contestaba Balam.

–¿Espejismos? ¿A qué te refieres?– continuaba Xelhua confundido.

–Ilegales, indocumentados, como sea. ¿A quién le importa?– seguía Balam –Parece que viven aquí, pero en realidad están en otra parte, algo así como en el limbo, ausentes aquí y en sus países de origen, aunque su dinero también vale, ja, ja. Mira, son monedas de cambio, estupideces de los gobiernos como siempre, ¡tratan de sacar ventaja de algo! Eso es lo que escuché alguna vez por ahí. No recuerdo quién lo dijo, pero, ¡olvídalos! Que se pudran, no es nuestro problema. ¡Ya falta poco! Vamos a bajar pronto.–

Cuando llegaron a su destino, los muchachos seguían platicando, y entonces Xelhua recordaba algo que le había dicho el Abuelo.

–A mí, el Abuelo me contó que las personas indocumentadas no eran el verdadero problema. La gente se quejaba debido a que los migrantes ilegales se quedaban con los trabajos y cosas así, pero él decía que el verdadero problema sería la tecnología, que al final, ¡nadie va a tener trabajo! Legales o ilegales ya no importa, las máquinas se encargarán de todo y los humanos sufriremos las consecuencias. La transición será dolorosa.–

–¡Es lo que pienso yo también! continuaba Balam, siempre con ese tono irónico que le encantaba. –¡Por primera vez estoy de acuerdo con el Abuelo! Y es por eso que no tengo la necesidad de trabajar, ja, ja, solo me estoy adelantando a los hechos, ja, ja, ¡ven! ¡Aquí he visto unas cámaras que me gustan! ¡Vamos a comprar una!–

Ya dentro de la tienda, los muchachos se divertían mirando los anaqueles. Se probaban las gorras, los zapatos, parecía que las cosas tenían cierta naturalidad. Lo despreocupado por momentos hacía que Xelhua olvidara el increíble compromiso con lo sobrenatural, lo oculto, la pesadez histórica que cargaba en el bolsillo de unos desgastados pantalones de mezclilla azules, pero de pronto, lo recordaba. Empezaba a temblar y a sudar frío, imposible de ocultarlo.

–¿Qué pasa, Xelhua?– preguntaba Balam –No tengas miedo, solo son cosas materiales, a nadie le importa que algo se pierda de vez en cuando, ¿no crees? Vamos, es por aquí.–

El momento de diversión tomaba otro rumbo en tan pocos segundos. Xelhua no se sentía bien, necesitaba respirar aire fresco. Mientras, Balam lo conducía hasta las cajas a pagar por unos dulces. Cuando se disponían a salir de la tienda, fueron interceptados por el personal de seguridad que los tomó por el hombro y los separó, llevándolos cada uno en un cuarto debido a que las cámaras habían grabado el momento en el que Balam ocultaba una cámara entre su ropa.

—Ok, muchacho, ahora no podrás salir de aquí sin pagar– decía el oficial. –Espera aquí. La policía está por llegar. Parece que te están buscando– seguía el oficial mirando a Balam con una tenue sonrisa.

Balam seguía con esa actitud de rebeldía y pareciera que no le importaba tanto. Por el contrario, Xelhua estaba más preocupado, aunque sabía que él no había robado nada. Su angustia era inevitable. Sentía que la daga por momentos estaba a punto de explotar dentro de su bolsillo.

La policía llegó hasta el lugar, y un oficial entró al cuarto donde se encontraba Balam y empezó a interrogarlo. –¿Qué tal, muchacho, viniste de compras?

Al mismo tiempo efectuaba una inspección de rutina para saber si tenía algún tipo de arma en sus pertenencias, aparte de la cámara que había tomado.

—Sí, vine, pero no encontré nada en oferta– contestaba Balam con la misma actitud que lo caracterizaba.

—¿Así que decidiste simplemente llevarlo sin pagar?–continuaba el oficial.

—No sé de qué está hablando– replicaba Balam.

—Mira, sabemos que no solo has robado esta cámara, también hemos identificado que tú y tu amigo robaron un automóvil el mes pasado, y créeme, el dueño necesita recuperar sus pertenencias. Parece que nos tienes que acompañar a la estación, estás bajo arresto– decía el oficial, pronunciando sus derechos en un tono más firme.

Por primera vez, el semblante de Balam se tornó preocupado, y en silencio obedeció las órdenes del oficial que lo acompañaba hacia afuera para abordar la patrulla. Mientras tanto, el interrogatorio de Xelhua se efectuaba al mismo tiempo.

–Bien, bien, ¿qué tenemos aquí? ¿Cuál es tu nombre?– comenzaba el oficial.

–Xelhua, mi nombre es Xelhua– respondió el muchacho tímidamente.

–Y bien, Xelhua, ¿qué haces aquí con tan mala compañía?– continuaba el oficial.

–No sé a qué se refiere, solo vine a ver la ropa– contestaba el muchacho.

–Necesito que saques todo lo que tienes en los bolsillos, si me haces el favor, ¿tienes algún arma?– proseguía el oficial haciendo su trabajo, pero sabiendo que el chico no había hecho nada malo. Mantenía un tono hasta cierto punto amigable.

En ese momento Xelhua palideció, su cuerpo no respondía a las sugerencias del oficial. La conexión de su cerebro con el sistema motriz se apagó. En un segundo, todo lo que el Abuelo le platicó sobre la daga pasó por su mente de una manera enloquecidamente fugaz, generando un silencio e incertidumbre entre las dos personas. Entonces el oficial comentó:

–Yo puedo hacerlo por ti, si así lo prefieres– esta vez en un tono más serio, rompiendo aquel incómodo silencio.

–¿Qué?– respondía Xelhua como regresando de algún tipo de trance desconocido y a su vez volteando a ver el bolsillo de su pantalón para colocar su mano por encima, como protegiendo su interior.

El oficial notó el cambio en el semblante de Xelhua y también se dio cuenta de que trataba de proteger lo que fuera que tuviera en su bolsillo, pero sin precipitarse, continuó con las preguntas.

–¿Desde cuándo conoces al otro muchacho? ¿Es tu amigo?

–Lo conozco desde siempre, es mi primo– contestaba Xelhua encontrando un pequeño resquicio para respirar y no pensar en la daga.

–Ok, entiendo. Bueno, tu primo tiene muchos problemas y espero que tú no estés envuelto en esos asuntos. Pareces un buen muchacho– continuaba el oficial tratando de ganar su confianza, pero sin perder de vista los movimientos de sus manos.

–Lo siento mucho, no sabía que mi primo tuviera problemas– respondía Xelhua, agachando la cabeza en señal de vergüenza.

–¿Entonces? ¿Vas a sacar lo que tienes en los bolsillos, o lo hago yo?– continuaba presionando el oficial.

Xelhua sabía que tenía que hacerlo, así que, tomando un respiro, encontró valor cubierto de adrenalina, y dejando que las cosas solo fluyeran, tomó el collar suavemente sin tocar la daga y la sacó de su bolsillo.

El oficial observó aquel extraño objeto y extendió su mano para tomarlo. Xelhua trataba de contener sus ansias y pasaba saliva algo frenético. Quedó paralizado.

Entonces, el oficial, al ver que no era una navaja o algo parecido, y además el joven la sostenía de un collar, retrajo su mano antes de tocar la daga y le preguntó:

–¿Qué clase de piedra es esa, muchacho?–

Xelhua tomó un gran suspiro. Sintió un gran alivio, y colocando el collar sobre sus hombros, respondió:

–Es un regalo de mi Abuelo que está en el hospital muy grave, y la verdad, no sé qué clase de piedra o cristal sea.

El oficial terminó con las preguntas, recomendó a Xelhua que se alejara de los problemas, que visitara a su Abuelo, y también le dijo que su primo estaría detenido en la estación por alguna investigación. El oficial terminó diciéndole que ya se podía marchar. Sin dudarlo, Xelhua se dispuso a salir de aquel lugar rápidamente.

Ya en la calle, pudo ver cuando estaban llevando a su primo esposado y dirigiéndose a la patrulla. Balam volteó a ver a Xelhua y sonrió, la típica actitud de su primo despreocupado, confiado en que todo saldría bien, cuestión de tiempo tal vez.

Xelhua había tenido una experiencia agobiante. Sentía que estaba haciendo algo incorrecto debido a que tenía la daga en su poder, y ahora solo quería regresar con su papá para contarle todo lo que había pasado y tratar de ayudar a Balam.

Mientras todo esto pasaba en la ciudad, en las afueras donde vivía Xelhua con el Abuelo, algunos sucesos habían ocurrido especialmente cerca del lago. Dos personas habían desaparecido de manera misteriosa después de que algunos lugareños afirmaban haber visto a una criatura extraña cerca del lago.

Por el momento, un equipo de búsqueda se daba a la tarea de encontrar a los desaparecidos. La incertidumbre poco a poco se apoderaba de los residentes cercanos al lugar. Se presumía que algún gato salvaje, o algún otro animal, anduviera suelto por ahí, pero la incredulidad de algunos otros por no tener pista de las personas ausentes también crecía. Por lo pronto, solo quedaba seguir buscando y esperar alguna pista.

De regreso en la ciudad, Xelhua llegó a la casa de su papá. Héctor había preparado la cena y estaba esperando a su hijo después de un largo día en el trabajo.

–¡Xelhua! ¿Dónde te habías metido?– preguntó Héctor.

–Estaba con Balam, pero necesito contarte lo que pasó– contestaba el muchacho algo cabizbajo.

–¿Qué pasó? ¿Te encuentras bien?– continuaba Héctor, algo preocupado.

–Yo estoy bien– respondía Xelhua –,pero la policía se llevó a Balam.

Héctor lo tomó de una manera tranquila. Parecía que esas noticias no eran nuevas con su sobrino. Ya había pasado algunas otras veces.

–¿Qué hizo esta vez?– preguntaba Héctor mientras se disponía a comer una ensalada y una pechuga de pollo que había preparado. –Pero siéntate, imagino que no has comido nada. No te preocupes, ven a comer conmigo.

Xelhua sentía que se había perdido, o no conocía muy bien esa parte de su primo. Él sabía que Balam era algo rebelde, pero no sabía que era muy recurrente en los problemas con la policía. De todas maneras, Xelhua sentía que tenía que ayudarlo, ¿pero cómo? Así que decidió sentarse a la mesa para seguir la charla con su padre.

–Y bien, hijo, cuéntame, ¿qué fue lo que pasó?– preguntaba Héctor mientras comía su ensalada.

–Fuimos a la tienda a ver las cámaras– seguía Xelhua. –Recorrimos los pasillos, nos probamos los sombreros, las gorras, los lentes. ¡Todo parecía divertido! Cuando nos acercamos a las cámaras, Balam comenzó a platicar con un muchacho que trabajaba ahí y le recomendó algunas. Yo me distraje viendo las computadoras y demás electrónicos. Pasaron algunos minutos y Balam me dijo que ya estaba listo para salir de la tienda. Pagamos algo como unas papitas, refrescos, y cuando nos dirigimos a la salida, fuimos alcanzados por un grupo de cuatro guardias de seguridad. Uno me tomó del hombro y me dijo que lo acompañara porque me iban a hacer unas preguntas, los otros tres abordaron a Balam y lo llevaron a otro cuarto diferente del mío. Al poco tiempo arribó la policía.

–¿La policía?– interrumpió Héctor, pero sin dejar de disfrutar de su cena.

–Sí, la policía– continuaba Xelhua, que solo contemplaba el plato hasta ese punto intacto. –Yo no sé qué le preguntaron a Balam. A mí me registraron, pero el oficial sabía que no había tomado nada sin pagar. Me preguntó qué estaba haciendo con el otro muchacho, que si lo conocía. Le dije que era mi primo. Le pregunté cuál era el problema. Me dijo que Balam pretendía llevarse una cámara sin pagar, además lo estaban buscando por otro asunto diferente y lo iban a llevar a la estación.–

Xelhua trataba de explicarle a su padre con detalle lo acontecido, pero dejando a un lado lo sucedido con la daga, ya que ese era otro tema de discusión debido a que Xelhua pensaba que su padre sabía algo acerca de aquel misterioso objeto.

Héctor casi terminaba de cenar y le dijo a Xelhua que en un momento llamaría a su hermano para platicar lo sucedido con Balam.

–No has tocado tu plato, deberías comer algo– sonreía Héctor, tratando de reanimar a su hijo.

–¿Cuándo podemos visitar al Abuelo?– preguntaba Xelhua, acomodando su silla para disponerse a probar la cena.

–¡Ojalá nos dejen entrar mañana!– respondía Héctor –voy a llamar para saber si podemos.

De vuelta en el lago, la situación era cada vez más misteriosa debido a la desaparición de un rescatista. Las sospechas de algún animal salvaje crecieron significativamente, pero algunos habitantes del lugar tenían diferentes versiones. Algunos creían haber visto a un humanoide viscoso parecido a una rana saliendo del lago. Otros parecían haber visto algo como un cuerpo gelatinoso arrastrándose por la orilla del lago. Por el momento, las autoridades planeaban una búsqueda más minuciosa dentro del lago.

Esa noche, las noticias confirmaban que las dos personas declaradas como extraviadas en el lago algunos días atrás habían sido encontradas sanas y salvas cerca de las montañas. Sus familiares, por alguna razón, pensaron que habían visitado el lago. Ahora solo quedaba la duda del rescatista.

–Mira, Xelhua, ¡encontraron a las personas que supuestamente estaban perdidas en el lago! Algo bueno en todo lo malo, ¿no crees? Ah, y también ¡nos van a dejar ver al Abuelo mañana!– exclamaba Héctor para animar un poco al muchacho.

Xelhua sonrió un poco después de haber tenido un día no tan agradable y contestó –¡Me alegra tener buenas noticias! Ojalá y el Abuelo se recupere pronto. Ya quiero que salga de ese lugar.–

Héctor seguía haciendo algunas llamadas y Xelhua le hacía señas de que pasaría a su recámara a descansar. Ya en la habitación, el muchacho buscaba un short para dormir más cómodo. Entonces, al desabotonar la camisa de cuadros que portaba, volteó al espejo y pudo mirar el collar. Después, se despojó de la playera blanca que usaba debajo para observar la daga con su pecho desnudo. Cerró los ojos por un instante, y al abrirlos, trató de tocar la daga que se reflejaba en el espejo con su mano derecha.

Al tocarla, el espejo comenzó a distorsionarse. El rostro desfigurado de Xelhua parecía asfixiarse sin hacer ruido alguno. Al llevarse las manos al rostro, pudo darse cuenta de que ¡sus manos no eran las mismas! Las falanges alargadas y retorcidas parecían moverse con voluntad propia. ¡Las garras despreciables rasgaban el rostro y el cuello del muchacho! En pánico, cayó inerte. El espejo lo seguía reflejando y ahora también susurraba su nombre… –¡Xelhua!–

Ya en el piso, en una forma de convulsión, su cuerpo comenzó a tomar un color purpúreo. ¡La columna vertebral lo encorvaba y la espalda estaba a punto de reventar! El dolor y la angustia tomaban control del oscuro momento; el muchacho trataba de gritar sin lograrlo. Después de algunos segundos, logró ponerse de pie frente al espejo con el rostro inclinado y una de sus garras cubriéndolo. Al levantar la mirada, unos ojos amarillentos revelaban lentamente lo grotesco de la escena. La garra se deslizaba para descubrir la cara en su totalidad. Una boca deformada con grandes colmillos se acercaba al espejo y decía: –Xelhua, ¡despierta!–

Al momento, Xelhua saltó de la cama empapado en sudor. Las manos tomaban su cara y estiraban hasta tomar su cabello. Con la boca seca y algo desorientado, se encaminó a la cocina para tomar un poco de agua para tratar de calmarse. La confusión siguió presente al no saber si realmente ocurrió o solo fue una cruel pesadilla.

Por la mañana, Héctor se encontraba listo para ir a visitar al Abuelo. Xelhua, al encontrarse con él, lo saludó, pero había algo raro en el muchacho.

–Buenos días, Xelhua, ¿cómo amaneciste? ¿Ya estás listo?– preguntaba Héctor.

–Buenos días, papá, ya estoy listo, pero creo que no pude dormir muy bien– contestaba Xelhua bostezando.

–No te preocupes, vamos a pasar a tomar algún desayuno. Te hará sentir mejor, además ¡es un buen día! ¡Vamos a visitar al Abuelo! ¡Anímate!– A Héctor se le notaba muy animado, tal vez más que al muchacho.

En la estación de policía, la noche tampoco había sido tranquila para Balam. Mientras estaba en una de las celdas, otro detenido parecía haberlo reconocido, y no precisamente le dio la bienvenida como algún viejo amigo.

–¡Mira, mira quién nos visita!– decía "El Toro" a sus amigos pandilleros –¡Parece que nos extrañaba y vino a pagarnos!

Balam no se notaba inquieto, siempre tenía esa actitud de despreocupación y a la vez se le veía algo retador.

–¿De qué hablas, Toro? Hasta donde yo sé, no te debo nada– contestaba Balam mirando a los demás como preparándose para lo que seguía.

Rápidamente se levantaron tres sujetos más para rodearlo.

–Te desapareciste después de aquel trabajito con el chino. Habíamos tenido un trato. Parece que crees que soy estúpido, ¿verdad?– decía El Toro visiblemente enojado.

–No sé de qué hablas– contestaba Balam irónicamente.

–Ahora te voy a recordar– decía El Toro.

Posteriormente, los cuatro se abalanzaron en contra de Balam y comenzaron a golpearlo una y otra vez hasta dejarlo tendido en el piso, inconsciente.

Un oficial, al escuchar los forcejeos, entró a la celda junto con otros policías para tranquilizar a todos los involucrados;

lamentablemente, algo tarde para Balam, que fue sacado de ahí en mal estado.

De vuelta en el hospital, Xelhua y su padre preguntaban por el Abuelo que al parecer lo habían cambiado de cuarto. A Xelhua se le notaba un poco desconectado. A pesar de que quería ver al Abuelo, sentia cierta preocupación: por la daga, por su primo, y por el estado del Abuelo. Tal vez era demasiado para el muchacho.

Después de las recomendaciones del doctor, tomar las cosas con calma y no desgastar al Abuelo, ya que todavía estaba muy delicado, Héctor y su hijo entraban al cuarto donde yacía el Abuelo visiblemente cansado.

–¡Qué tal, Abuelo! ¿Cómo te sientes?– preguntaba Héctor.

El Abuelo solo contestaba con una tenue sonrisa.

–¡Abuelo! ¡Qué gusto verte, ya vámonos de aquí!– continuaba Xelhua.

Héctor se apresuraba a correr las cortinas para dejar entrar algo de luz mientras leía las noticias en su celular. Al mismo tiempo, el Abuelo le hacía señas a Xelhua para que se acercara.

–¿Ya u…saste la– la daga?– preguntaba el Abuelo con dificultad cuando Xelhua estaba cerca de él.

–No te preocupes por eso– contestaba el muchacho sujetándole la mano –¡Lo importante es que te recuperes pronto!

Pero parecía que eso era lo único que quería saber el Abuelo, así que insistía –No tengas miedo hijo, vas a estar bien. Debes de hacerlo.

–¿Todo bien?– interrumpió Héctor al percatarse de que los

dos charlaban.

–Sí, papá, ¡todo bien!– contestaba Xelhua.

De pronto, una enfermera entraba y decía que no podían permanecer por mucho tiempo y que era mejor dejar descansar al Abuelo.

Héctor salía del cuarto para hacer algunas preguntas a la enfermera, mientras Xelhua se quedaba para despedirse del Abuelo.

–¡Vas a estar mejor, Abuelo! Ya queremos que estés de regreso– decía el muchacho tratando de animar al viejo.

–No, hijo, yo he terminado mi jornada. Solo estaba esperando verte para saber que vas a estar bien– decía el Abuelo contundente.

–No digas eso– seguía el muchacho poniendo valentía en las palabras, pero por dentro sentía que se desplomaba en llanto.

–Mira, hijo– continuaba el Abuelo –,no hay ningún secreto para usar la daga. La vida que has llevado te ayudará a descifrar su significado. Si vas por ahí haciendo las cosas bien, tendrás menos problemas. No tengas miedo. La vida es un constante cambio y para vivirla ¡necesitas de los riesgos también!– se esforzaba el Abuelo para ofrecer sus palabras, siempre tratando de ayudar a Xelhua.

–Está bien, Abuelo. Tómalo con calma, no te esfuerces demasiado. Trata de descansar– decía Xelhua un poco más tranquilo.

–Todo va estar bien, viejo, parece que te recuperas, de a poco ¡pero te recuperas!– exclamaba Héctor entrando nuevamente al cuarto.

–No tienes que mentir, Héctor– decía el Abuelo sonriendo. –Promete que cuidarás de Xelhua y estarás con él en las buenas y en las malas, ¡no importa lo que pase!

–¡Puedes estar tranquilo! Es mi hijo y lo amo tanto o más de lo que te imaginas, ¡te lo prometo!– contestaba Héctor satisfecho. –Por ahora nos tenemos que ir, trata de descansar ¿quieres?–

El Abuelo asintió con la cabeza y al mismo tiempo levantaba el pulgar de despedida.

De regreso en la casa, un silencio abrumador se apoderó de los sentidos. Padre e hijo no habían dirigido más que las palabras necesarias, algo esquivas.

–Sabes, hijo– comenzaba Héctor –,me dijeron que el Abuelo no ha mejorado, que su problema puede ser más grave de lo que pensamos. Ellos están trabajando con suministros, estudios, pero no me dieron buenas esperanzas.

Xelhua escuchaba a su padre, y de alguna manera confirmaba su sentimiento. Parece que la despedida del Abuelo era inminente.

–El Abuelo siempre ha querido ayudar a todos– seguía Héctor –,ha hecho lo que ha podido. Es genial el viejo. Yo sé que es muy difícil, hijo, pero tenemos que ser fuertes.

–¿Cuándo llega mi mamá?– preguntaba Xelhua.

–Se le ha complicado un poco el viaje debido a su trabajo, pero llegará en cualquier momento.–

Mirea estaba en esos momentos fuera del país por una oferta de trabajo, ya que ella era enfermera, e irónicamente cuidaba a otros enfermos. Pero parecía que ya estaba por regresar.

–¿Cómo estás Xelhua? ¿Quieres platicar, o quieres descansar un poco?– preguntaba Héctor.

–¿Por qué te sorprendió tanto ver el collar del Abuelo cuando tuvo el paro cardiaco?– preguntaba Xelhua, sabiendo que los dos conocían las historias de la daga.

Héctor sabía que el momento para hablar de la daga se acercaba, pero nunca pensó que llegaría tan pronto.

–Al parecer, ya no hay secretos. Has vivido con el Abuelo, y ya no eres aquel niño que jugueteaba por ahí– continuaba Héctor con la charla. –Tenía bastante tiempo que no veía el collar del Abuelo. Tal vez te ha contado acerca de los Nahuales y esas extrañas historias ¿no?

A Xelhua se le hizo raro ese nombre "Nahuales", ya que era algo que el Abuelo nunca mencionó.

–¿Qué son los Nahuales?– preguntó Xelhua intrigado.

–Pues, yo no sé muy bien, pero hay algunas leyendas, mitos en los pueblos, acerca de personas, brujos, que se transforman en algunos animales para hacer algún mal a la gente, o algo así. No me creas, pero esas mismas leyendas cuentan que a tu tío, Eztli, se lo llevó uno de esos Nahuales.

Xelhua se sentía más confundido por las palabras de su padre y a la vez nervioso. Dudaba de todos, y también pensaba que eso era parte de crecer, o transformarse.

capítulo cuatro

UN LLAMADO SALVAJE

Por la noche, la luna tenía una gigantesca mirada. El cielo despejado la invitaba a husmear en la habitación de Xelhua. La luna sabía de encantos y de horrores, de romances y tragedias; ¿qué es la noche?

Tal vez duermes y no lo sabes, tal vez despierto, no la entiendes. La noche te invita, te prepara para el amanecer. Alinea tus sentidos para barajearlos por la mañana bajo los candiles del alba. La noche sin el día, o viceversa, dejaría la mitad de tu alma sin cultivo, sin sentido.

Por la mañana, Héctor se preparaba para ir a trabajar, tomaba café, pan y huevos revueltos. Xelhua lo acompañaba con algo de cereal, un plátano picado y fresas.

–Bueno, Xelhua, ahora que vas a estar por aquí conmigo, tal vez te gustaría volver a la escuela o algo así. No me gustaría presionarte ni mucho menos, pero es bueno ocuparse en algo, ¿no crees?– preguntaba Héctor mientras tomaba su desayuno.

–Me parece bien, papá. Oye, ¿qué va a pasar con Balam? ¿Has sabido algo?– preguntaba el muchacho preocupado.

–No he sabido nada aún, pero, ¿qué tal si empezamos comprando un teléfono para ti? Así podremos estar en comunicación por alguna emergencia– sugirió Héctor.

–Esta bien, creo que el Abuelo decía que no era una buena idea, pero por cualquier emergencia, es bueno tener uno– sonreía un poco el muchacho.

–Mira, por qué no nos haces un favor y vas a echarle un ojo a algunos. Hay una tienda de celulares no muy lejos de aquí, ve a ver cuál te puede interesar y al rato que regrese platicamos.–

–Está bien, papá, ¡que tengas un buen día!– exclamaba Xelhua con una mejor actitud.

A Balam lo habían trasladado a un hospital cercano, pero todavía en calidad de detenido. Las investigaciones seguían, pero al parecer, no tenían pruebas contundentes. La posibilidad de que saliera bajo fianza era grande, y ahora con lo que le había pasado, era muy probable que se fuera a su casa cuando se recuperara un poco. Eso era lo que le habían dicho a su padre que ya estaba en el hospital en ese momento.

Balam, que ya estaba consciente, le decía a su padre que todo era un malentendido, y al mismo tiempo agradeció por pagar la fianza.

–No te preocupes, papá, en cuanto salga te voy a pagar lo de la fianza– decía Balam en tono de compromiso real, y al mismo tiempo un poco avergonzado como casi nunca se le veía.

–Sería de muy buena ayuda, hijo, pero me preocupa cada vez más esta situación. Ya son varias veces que te metes en problemas, deberías pensar en cambiar un poco, yo no voy a estar siempre con las posibilidades de ayudarte, y lo sabes– decía el padre de Balam con la mirada cansada y decepcionada.

–Lo siento, papá, tienes razón. Voy a seguir tus consejos– contestaba Balam, pensando en hacer sentir bien a su papá, más por eso que realmente sentir que él debería cambiar.

De vuelta en la tienda de teléfonos, Xelhua no sabía bien lo que buscaba, así que decidió pedir ayuda a la chica que atendía. Mientras esto sucedía, un grupo de muchachos entró en la tienda con cierta altanería. Hablaban en un tono muy alto, creando cierta tensión en aquel lugar. Parecían de los que atraen problemas sin duda.

Uno de ellos volteó a ver a Xelhua y murmuró con su compañero mientras lo observaban. Xelhua, al percatarse, se notó algo incómodo y no pudo seguir buscando el celular que necesitaba.

De pronto, el grupo de muchachos salió precipitadamente sin quitarle la vista a Xelhua.

–¡Son unos imbéciles! No les hagas caso– decía la chica de los celulares a Xelhua. –Siempre andan por aquí sin nada que hacer, solo vagando– continuaba la chica despectivamente. –¡Te recomiendo este teléfono! Es un buen modelo si es tu primer móvil, ¡y no es tan caro!– sonreía la chica.

–¡Está bien! Regresaré por este más tarde– respondía Xelhua, correspondiendo la sonrisa.

Al salir de la tienda, el grupo de amigos esperaba a Xelhua en la esquina, obviamente para buscar problemas. Cuando Xelhua se dio cuenta de que lo esperaban, decidió dar la media vuelta para rodear y evitar el encuentro, entonces estos lo comenzaron a seguir.

–¡Hey!– gritaba alguno. –¡Espera! ¡Ven acá!–

Xelhua no dudó en ningún momento, y empezó a apretar el paso hasta que se vio corriendo sin voltear. Pero no pudo escapar. La banda, al darle alcance, comenzó a jalarlo y a patearlo.

–¿Por qué corres Balam?– preguntaba uno de los muchachos, claramente confundiendo a Xelhua por el parecido con su primo.

–¡No soy Balam, suéltenme!– contestaba el muchacho asustado.

–¡Todos quieren tu cabeza, imbécil!– decía otro mientras lo golpeaba.

En un momento, Xelhua pudo escapar, corrió a lo largo de un callejón, y trató de esconderse detrás de un contenedor de basura. ¡El momento había llegado! Después de tanta incertidumbre, tantas pesadillas, tantas dudas, Xelhua recordó en un instante todas las palabras del Abuelo, de su padre, de Balam, ¡de todos!

Al escuchar que sus perseguidores se acercaban, tomó la daga, la apretó fuertemente con su puño, y cerró los ojos. Al momento, sintió como su cuerpo parecía ser succionado, cortando la respiración por un momento al grado de una asfixia, después, al recuperar el aliento, su olfato era muy agudo, y entre el aroma que despedía la basura del contenedor y los alrededores, el olor a sangre de sus enemigos era muy intenso, ¡y se hacía más intenso mientras se aproximaban!

Todo esto sucedía tan de prisa, ¡y Xelhua continuaba con los ojos cerrados! Entonces, cuando decidió abrirlos, todo parecia de color violeta, y era muy dificil distinguir otros colores y formas. Los movimientos eran muy erráticos por parte de Xelhua, y estaba bastante desorientado. Los sentidos tenían una agudeza indescriptible que lo asustaba. ¡Una dimensión paralela se abría ante el muchacho!

Cuando los agresores por fin llegaron al encuentro, fueron recibidos con gruñidos y gigantescos dientes afilados que amenazaban con devorarlos. Una especie con aspecto de perro salvaje actuaba por instinto de supervivencia, dando un mensaje de que no se acercaran.

¡Los atacantes no daban crédito a lo que veían! Tres de ellos corrieron despavoridos mientras otro que traía un revólver lo sacaba para su protección, disparando en dos ocasiones, ¡pero por suerte errando en ambas!

Xelhua se abalanzó sobre aquel individuo, logrando morder el brazo de la mano que portaba el arma. Al instante, y con un grito de dolor, ¡el muchacho soltó el arma y corrió por su vida! Xelhua, con un movimiento rápido, logró llegar a la otra calle y se resguardo entre algunos arbustos. Su respiración agitada comenzaba a disminuir; el sentimiento de asfixia volvió de repente, pero esta vez se convirtió en vómito. El muchacho, de a poco, regresaba a su normalidad. La visión era algo borrosa, y el sabor a sangre continuaba en su boca.

¡La experiencia había sido surreal! Y ahora, solo quería regresar a casa, cambiarse de ropa, ya que estaba rasgada, y descansar debido a que se sentía agotado por luchar en contra de su propio cuerpo.

Ya en la casa, Xelhua, después de tomar una ducha caliente, se acomodaba en un sillón. Trataba de entender lo sucedido. Tenía miedo. Se sentía muy solo, con una gran responsabilidad. ¡Las palabras e historias del Abuelo resonaban con un grito de veracidad! Ahora muchas cosas tenían sentido, y el muchacho no podía esperar para darle la noticia a su Abuelo.

Por la tarde, al llegar Héctor, encontró a su hijo con un semblante de misterio, de culpa, algo pálido. Pero sin precipitarse, trató de averiguar lo que sucedía. Lo saludó y se dispuso a ver lo que había en el refrigerador.

–¿Qué tal, Xelhua, cómo te la pasaste ahora, fuiste a ver los celulares?– preguntaba Héctor esperando poder tener una buena conversación.

–Sí, papá, fui a ver los teléfonos y pienso que hay uno que me gustaría tener. Me lo recomendó la chica que trabajaba allí. Me comentó que era un modelo no tan caro, pero me serviría– Xelhua contestaba, tratando de desviar toda sospecha de lo ocurrido.

–Me parece muy bien. Sabes, ¡tengo noticias de tu primo!– continuaba Héctor cambiando el tema por completo y con una pequeña sonrisa.

–¿De veras? ¡Cuéntame!– exclamaba Xelhua con un semblante de asombro pero a la vez intrigado.

–Parece que saldrá mañana, del hospital y de la cárcel también. Mi hermano no me platicó detalles, creo que pagó la fianza o algo así, pero mañana podemos preguntar a Balam para saber lo que va a pasar– seguía Héctor con la charla mientras trataba de cocinar algo.

–¡Qué bueno!– contestaba Xelhua –Ojalá y todo mejore con Balam. También me gustaría visitar al Abuelo. ¿Crees que puedas hablar para saber si puedo visitarlo? Yo puedo ir solo para que no faltes a tu trabajo.–

–Vamos a comer algo primero y después hablamos, ¿qué te parece? Ah, también hablé con tu mamá. Parece que llega en dos o tres días. No está muy segura, pero bueno, ¡al menos ya no estarás tan solo!–

En el ambiente se percibía una sensación de cambio, una revelación, parecido a una transfusión sanguínea, donde algunas puertas se abrían al mismo tiempo que se cerraban otras.

Los ciclos terrenales están a la vista de todos, los sapiens evolucionan, cambian de piel bajo el ritual de la ecdisis, como presagiando la inmortalidad.

Antes de acostarse, Héctor recibió una llamada del hospital. Al parecer, el Abuelo había colapsado. Se encontraba en un estado de coma. Ahora sólo quedaba esperar. La puerta parecía que se estaba cerrando para el Abuelo, y las manecillas del tiempo se disolvían en esperanzas, recuerdos. Tal vez llegaba la hora de brincar hacia el otro lado, donde sus historias y revelaciones clamaban por su presencia.

Por la mañana, Héctor le daba la noticia a Xelhua. Le dijo que si quería, podía ir a visitar al Abuelo aunque se encontrara en ese estado, y también podía visitar a Balam, el cual ya se encontraba en su casa.

–Me voy, hijo. El fin de semana compramos tu teléfono. Tengo que usar alguna tarjeta de crédito, pero te dejo algo de dinero para que vayas a visitar a tu primo y también al Abuelo, ¿qué te parece?– comentaba Héctor algo apresurado.

–Está bien, papá, gracias– respondía Xelhua un poco cabizbajo por la noticia del Abuelo.

Cuando Xelhua se dirigía a la casa de Balam, notó que un carro se movía muy despacio. Pensó que tal vez lo seguían por lo que había pasado el día anterior, así que decidió entrar en una tienda de mascotas que estaba antes de doblar la esquina.

Ya estando adentro, se dio cuenta de que el carro paraba por completo enfrente de la tienda. Nadie bajaba del vehículo, estuvo allí por algunos minutos para después ponerse en marcha y seguir su camino.

Xelhua, al salir de la tienda, miró en todas direcciones para asegurarse de que el carro no estaba allí. Entonces, decidió tomar otra ruta para llegar a casa de Balam.

–¡Xelhua! Pasa, ¡qué bueno verte!– daba la bienvenida Balam a su primo.

–¿Qué hay? ¡Qué bueno que ya estás en casa!– replicaba Xelhua.

Los muchachos platicaban sobre los pormenores. Balam, por su parte, hablaba sobre su caso legal, afirmando que todo era un mal entendido. Había salido bajo fianza, pero todavía seguían investigando el motivo por el cual lo inculpaban. En ningún momento hacía referencia al por qué se apoyaba con unas muletas para caminar, aunque Xelhua se lo pregunto en al menos dos ocasiones. Balam evadía la pregunta con otra pregunta.

Por otro lado, Xelhua le comentaba a su primo que estaba preocupado por el Abuelo y quería ir a visitarlo.

–¿Crees que puedas acompañarme? –preguntaba Xelhua casi sabiendo la respuesta.

–¡Vamos! Pero pidamos un taxi o algo así, no quiero andar en el camión con estas muletas, ¿tienes dinero?

Para la sorpresa de Xelhua, Balam contestaba con la mejor actitud, dando al momento cierto modo de alegría, contrarrestando la adversidad.

Llegando al hospital, después de registrarse, los primos tomaron el ascensor, ya que habían cambiado de cuarto una vez más al Abuelo.

El camino al cuarto era algo reflexivo para ambos. El sentimiento de preocupación los invadía. No sabían lo que les esperaba. Era como un portal, el umbral de los muertos.

Xelhua sentía en su pecho que el final se acercaba para el Abuelo, y la contienda en su interior era desgastante, tratando de deshacerse de ese sentimiento.

Las enfermeras los recibían con sonrisas tímidas, señalando el cuarto número 33 y dando algunas indicaciones de rutina, como dar privacidad a los demás pacientes y sus familias.

Al entrar al cuarto, la media luz los recibía, una especie de funeral anticipado; allí estaba el Abuelo, legendario, conectado a los elementos de sobrevivencia. Mangueras por aquí, el sonido del corazón comprimido en una máquina, en una pantalla, el cuerpo inerte, con una facción de tranquilidad dibujaba su rostro.

–Hola, Abuelo. Aquí estamos, venimos por ti. –decía Xelhua en un tono de susurro y melancolía.

–¿Qué hay, viejo?–saludaba Balam, también cabizbajo, buscando un lugar donde sentarse.

Xelhua sabía que no tenía mucho tiempo para estar allí con el Abuelo, asi que decidio sentarse a su lado y susurrar lo que le había pasado. El poder irracional de la daga, el peligro que experimentó aquella tarde, el penetrable olor a sangre que todavía se instalaba en su nariz y saboreaba en el paladar. Le dijo que no estaba seguro de querer portar la daga, y de repente las lagrimas recorrían sus mejillas hasta caer en la frente del Abuelo. Rápidamente, las secaba y volteaba a ver a Balam, que parecía estar distraído con su teléfono.

Después de tomar un suspiro, se levantó y trató de cortar el llanto que era tenue, y buscó un lugar para sentarse al lado de Balam en un sillón que se encontraba en la esquina junto a una ventana.

–¿Crees que sea el final, Xelhua? –preguntaba Balam compadecido.

–Espero que no–decía Xelhua, todavía con el sentimiento atorado en sus entrañas.

Después de algún tiempo, mientras los muchachos platicaban recordando las vivencias con el Abuelo, entró la enfermera a suministrar algún medicamento. Balam preguntó si era posible que el Abuelo escuchara lo que le decían. La enfermera contestó que era muy posible, pero no estaba segura.

Al salir del cuarto, Xelhua le preguntaba a la enfermera por las posibilidades de que regresara del coma, pero la enfermera no sabía con seguridad. De hecho, nadie en el hospital sabía con certeza: era cuestión de tiempo.

En el trayecto de regreso a casa de Balam, ya casi por llegar, Xelhua veía por la ventana del taxi al mismo carro que por la mañana parecía seguirlo, pero no le había comentado nada a su primo. Ni siquiera le platicó del altercado con los pandilleros, pero sabía que tarde o temprano tratarían ese asunto.

El siguiente día pasaba tranquilo. Xelhua había pedido permiso a su papá para quedarse con Balam, a lo cual él accedió.

Cuando Mirea, la mamá de Xelhua, hija del Abuelo, regresó a la ciudad, fue directamente a ver a su padre. Encontró lo mismo que le habían contado.

Su profesión como enfermera la permitía hablar con el personal del hospital para indagar acerca de su condición, pero sus esperanzas superaban la realidad de la situación. Solo su corazón latía junto al de él, sin otro tipo de comunicación.

Mirea le pedía perdón por la ironía de la vida, al encontrarse cuidando a otro enfermo en su lugar. Un sentimiento de culpa le invadía, aunque sabía que no era ella la culpable, solo el contrato con la vida por dejarnos vivir en este mundo de nacer y morir a cada instante.

Después de un largo día a su lado, la impotencia cobijaba a Mirea. Ningún conocimiento, ninguna palabra la reconfortaba. Ahora solo quería ir a abrazar a sus hijo.

–¡Mamá! –exclamaba Xelhua al abrir la puerte, abrazando a Mirea, dándole la bienvenida. Ella también lo abrazó, con los ojos visiblemente cristalinos.

–¡Bienvenida, tía!– continuaba Balam con una sincera sonrisa.

–Vamos a preparar la cena,– decía Mirea con gusto de verlos. –Tu papá no tarda en venir, Balam, también tu papá, Xelhua. Ya está en camino.

–A ver que hay en el refrigerador– continuaba Mirea, ya en la cocina de la casa de Balam. –Bueno, parece que tenemos que ordenar algo o no habrá cena.–

Y así, a pesar de las circunstancias que fueron causa de esta reunión familiar, todos disfrutaron de su noche.

Al día siguiente, por la mañana, la noticia que nadie quería escuchar sucedió. La estrella del Abuelo dejó de palpitar, su ciclo en la tierra cerraba su curso, y el padre de Mirea ahora se reconfortaba con su madre, tal vez en algún cielo, algún Edén lejano o paralelo.

El paso a la trascendencia era descrito por el Abuelo, y sonaba algo así:

"Caminando a destiempo sobre algún Edén prohibido, ¡la simetría perfumada me da la bienvenida! ¡Y ahí está ella! Acahual observa mis pasos. Regala su esencia disfrazada con hojas pecioladas, conectadas entre lígulas, en coordenadas cósmicas hasta llegar a las brácteas, preámbulo del reflejo hermoso policromado de las estrellas vivas. Me adentro en su encanto, susurro mi alegría, el canto suave de mis suspiros la embriaga de hastío una y otra vez. En círculos, le platico mi locura, la danza de la vida con la muerte al mismo compás de aliento y desaliento, del sonido y el silencio. Termina un episodio y renace en algún vientre, bajo la tierra o en el mar latente."

capítulo cinco
DE VUELTA EN EL LAGO

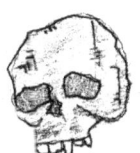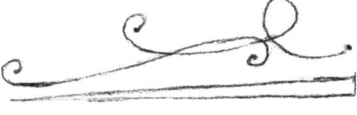

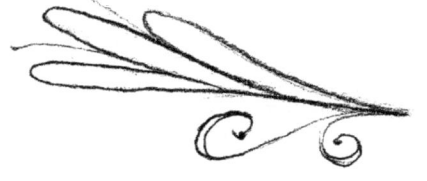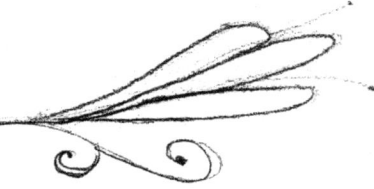

Los tonos oscuros pigmentan el ambiente. Las notas siempre fúnebres y de remembranza abrazan a los presentes. Volver el tiempo en una máquina invisible que se enciende en nuestras mentes es la única opción que reconforta. El cariño de los vivos endulza la amargura.

• • • • • • • • • • • • • • • • • • • •

–Mamá, me gustaría regresar a la casa del lago por algunas pertenencias– me comentó Xelhua.

–Está bien, hijo, después del sepelio podemos ir.–

Por la noche, Balam se encontraba con unos amigos afuera de la casa, cuando de pronto un carro se paró frente a ellos. No sé de que discutían, pero uno de los que venían en el carro sacó una arma y disparó en varias ocasiones. Por suerte, nadie salió lastimado

Las cosas no parecían estar muy bien con Balam. Fue lo que nos contó su papá, a Héctor y a mi.

–¿Qué pasó?– El padre de Balam salió asustado.

–Nada, papá, ¡metete a la casa!–contestaba Balam agitado.

–¿Hay algo que tienes que decirme, Balam? ¿Por qué siguen detrás de ti? ¿Qué les debes?– preguntaba su padre consternado.

–No lo sé, piensan que les debo algo, pero yo no tengo nada de ellos.

–Esto se está saliendo de control y se torna muy peligroso, hijo,– continuaba su padre, visiblemente afectado –¡tenemos que hacer algo! ¡Denunciar o algo!

Al siguiente día, le dije al padre de Balam que iría con Xelhua a la casa del lago por unos días, tal vez Balam podía acompañarnos y vemos que podemos hacer después. Él accedió, así que fuimos.

El camino a la casa del lago fue algo silenciosa, sólo las palabras necesarias jugaban el papel de las conversaciones. A Balam se le notaba muy pensativo. Parecía un muchacho diferente, y también mi hijo. La muerte de mi padre mostraba a un Xelhua más maduro, más reflexivo.

Ahora, sin mi papá, sería muy difícil que Xelhua viva en la casa del lago conmigo. Yo me la paso fuera gran parte del año, tal vez sea necesario encontrar un trabajo que no implique dejarlo solo, o tal vez sea hora que viva con su padre, vender la casa; no sé.

La vida da muchas vueltas y aveces solo nos mareamos, sin poder tener el control, solo dejarnos llevar, como decía mi padre. Ahora creo que tenía razón.

Entrar en la casa fue muy difícil para nosotros, las paredes hablaban, susurraban las anécdotas. Parecía que mi padre andaba por todos los rincones, sonriendo, con su buen humor... ¡¡¡espera!!! De pronto me vino a la mente: <<*La daga, ¿dónde podrá estar?*>>

—¿Cómo te sientes, Balam?— preguntaba Xelhua.

—Bueno, la verdad, ¡estoy pensando cómo calmar a esos malditos!— respondía Balam.

—¡Tal vez yo sé como!— decía Xelhua, con una sonrisa.

—Jaja, ¿ah sí, cómo? —preguntaba Balam, moviendo la cabeza en una negativa y torciendo los labios.

—Sabes, no te había contado, pero cuando estuviste en el hospital, ¡esos malditos me confundieron contigo y trataron de golpearme!— comentaba Xelhua, sabiendo que Balam ya estaba enojado, y además, nos encontrábamos lejos de casa.

–¿Qué? ¡¡¡Ahhh!!! ¡Los quiero desaparecer!– Balam, muy irritado, exclamaba.

–¡No te preocupes, mañana temprano vamos al lago! Ya se nos ocurrirá algo –continuaba Xelhua sin poder evitar una sonrisa por ver a Balam enojado.

Al otro día, los muchachos se disponían a ir al lago mientras yo me quedaba en la casa para limpiar un poco, pero me preocupaba por la daga. Estaba decidida a encontrarla. No me gustaría que los muchachos la encontraran.

–Mamá, ¿estás segura de que no quieres acompañarnos?– preguntaba Xelhua, alistandose para el camino.

–Me gustaría, hijo, pero tengo que organizar algunas cosas por aquí, algunos papeles y cosas así. Pero antes de que se me olvide, recuerdo que escuche una noticia de que alguien se había extraviado en el lago. No está demás recomendarles que se cuiden, por favor.

–Los encontraron en la montaña, me parece. Algún malentendido, tía. No se preocupe– respondía Balam.

–Sí, mamá, no te preocupes. Vamos a estar bien– confirmaba Xelhua.

• • • • • • • • • • • • • • • • • • • •

De camino al lago, la charla se movía entre recuerdos con el Abuelo, el paisaje, el plan para acabar con los maleantes (bueno, Balam no era una blanca paloma, pero yo sé que no era de mal corazón, sólo era joven con una gran atracción a los problemas). Yo sé que yo no tenía nada que ver con los problemas de Balam, pero siempre estabamos juntos.

–Tengo ganas de meterme al agua por un rato.–

–Mi pierna ya esta mejor, tal vez te acompañe– contestaba Balam.

–¡Mira! ¡El viejo bote!–

Brincamos al viejo bote, y remabamos hasta adentrarnos cada vez más en el lago. Buscaba la manera de confesar mi secreto, y así, pensar cómo deshacernos de aquellos maleantes, pero ¿a qué precio?

–¿Recuerdas todas aquellas historias del Abuelo? ¿De licántropos o perros salvajes, cosas así? –

–Jaja, ni me lo recuerdes. La verdad, cuando era más pequeño las creía, pero después, como todo, ¡son puras fantasías! Tal vez para asustarnos, tú sabes, para portarnos bien– exclamaba Balam con el mismo tono algo irreverente que lo caracterizaba.

–¿Qué pensarías si te digo que esas historias tienen algo de verdad? Y además, ¿recuerdas el plan que tengo para librarnos de aquellos locos?– cuestionaba decidido, a pesar de los riesgos que implicaba confiar en mi primo. La daga no era un juego, pero yo quería mucho a mi primo. Nos criamos juntos, era como mi hermano, y no dejaría que nada le pasara.

–¿Pero qué demonios te pasa, Xelhua? Tienes que superar la partida del Abuelo, ¡no puedes vivir en aquellas fantasías!– replicaba Balam frunciendo el ceño, molesto.

–A veces, no entendemos cuáles son las fantasías, no entendemos la realidad en la que vivimos, o simplemente estamos muy confundidos creciendo– continuaba en un tono muy tranquilo, con espasmos de sabiduría.

–No lo puedo creer. Ahora suenas como el Abuelo, pero bueno, aprendiste su palabrería– seguía Balam en un tono más resignado.

–Bueno, está bien de palabrerías, ¡ahora al agua! –decía al mismo tiempo que decidía a sumergirme en el lago.

Cuando me quité la playera, deje ver la daga que colgaba en mi pecho desnudo, algo que Balam notó rápidamente ya que era algo que nunca había visto. La tomé en mi mano, sonreí mirando a Balam, ¡y me lancé!

Al entrar en el agua, la misma sensación de asfixia se apoderaba de mi garganta, pero esta vez mezclada con el agua. La capacidad de respirar disminuyó considerablemente y la visibilidad era nula. Una penumbra inquietante me cobijaba. De a poco, la ligereza de los movimientos de mi cuerpo eran desconcertantes. Enseguida, la visión se esclareció y ahora todo lucía en un azul cielo muy profundo, el sentido del oído se agudizó tanto que podía ver las ondas sonoras bajo el agua. ¡Todo parecía una danza! ¡El espectáculo era asombroso!

De pronto, una voz mencionó mi nombre– ¡Xelhua! ¡Xelhua!–

Me asustó, no comprendía lo que sucedía. Entonces, una figura grotesca de proporciones enormes se me acercaba.

–¡Xelhua, por fin te apareces!– la criatura me dió la bienvenida

–¿Quién eres?– le pregunté, asombrado de que pude comunicarme con la criatura, pero al mismo tiempo, un miedo me invadía.

–Jaja, permíteme presentarme, ¡soy el Rey Ajolote! Pero, ¿qué pasa? ¿Tu Abuelo no te habló de mi? No tengas miedo ven, acércate.

La criatura no parecía muy amigable, aunque lo intentaba. ¡Los ojos acuosos desorbitados eran terribles! La sonrisa, o lo que parecía una sonrisa, era muy desagradable. Su color era obscuro, casi negro con algunas manchas grisáceas, las branquias parecían adornarlo como si tuviera un penacho. ¿Y sus dimensiones? ¡Tal vez veinte veces más grande yo!

La percepción del tiempo bajo el agua no era la misma. Afuera, Balam se había sumergido dos veces sin poder encontrarme. Al ver que no salía, empezaba a perder la calma y volvió al agua asustado.

–El ciclo del Abuelo se ha completado. Él prometió que tú volverías con la daga, ¡y yo intercambié su promesa por tu vida, pequeño Xelhua!– el Rey Ajolote continuaba con su discurso con una voz lenta y muy grave.

–La promesa fue que yo cuidaría de la daga, como lo han hecho mis ancestros, ¡y voy a cumplirla!– declaré, dejando el temor a un lado para colmarme de valentía y así contrarrestar las exigencias de la criatura.

–Es lo peor que puedes hacer, muchacho. He esperado demasiados soles con sus lunas por este episodio. Revelarte en mi contra no es una alternativa, ¡y ahora pagarás por tu osadía!– pronunciaba amenazador el Rey Ajolote.

De pronto, el rey se abalanzaba en contra mia. Solo pensaba en escapar, debido a lo desproporcionado de la pelea. ¡El rey se acercaba cada vez más! La desesperación hacía que me desplazara con astucia. Entonces volteo hacia arriba y logré distinguir una silueta, y pensé, <<¡Balam!>>

Me dirigí hacia Balam rápidamente. Lo tomé entre mis manos, o algo así como unas garras, tratando fieramente de encontrar la orilla del lago. Cuando por fin logramos salir, ¡Balam estaba vuelto loco por la fuerte impresión! Gritaba y se alejaba de mi.

Obviamente no podía distinguir que era yo. Mi cuerpo parecía una clase de pescado con plumas en vez de escamas, los colores eran metálicos y cambiaba de color con el sol. Solo un cuerpo extraño yacía en el suelo y parecía que no podía respirar. Entonces lo impensable.

¡El rey asomaba su figura bizarra, planeando salir a completar su cometido!

¡Balam quedó paralizado! Me perdió de vista mientras empezaba a regresar a mi estado natural, y por un momento dejé ver mi aspecto humano. Balam volteó por un segundo y logró reconocerme entre la metamorfosis. ¡Todo parecía una muy mala alucinación!

En medio de la situación tan impactante, me di cuenta de que el rey estaba por salir del lago, así que tomé la daga nuevamente y el sentimiento de asfixia volvía, pero ya sabía que era momentáneo. Una vez más, ¡el perro salvaje del callejón hacia su aparición! Corrí hacia los árboles para darle alcance a Balam, que ya estaba alejado. El rey volvía al lago al verse muy rezagado, para esperar una nueva oportunidad.

Ya enmedio de los árboles, Balam tomaba un descanso oculto en unos matorrales. Ya transformado, mantuve una distancia de Balam para no asustarlo, y decidí recostarme no muy lejos de él para volver a mi estado natural.

Al pasar un breve lapso, aparecí ante Balam con los short que llevaba puestos antes de entrar al agua, un semblante retraído, o de vergüenza, a la defensiva por no saber cómo reaccionaría mi primo.

–¡Xelhua! ¿Estás bien? Espera, no te acerques. ¿Eres realmente tú?– preguntaba Balam confundido y algo asustado.

–¡Soy yo! No te asustes– decía, tratando de calmarlo.

–Pero, ¡dime que lo que pasó allá en el lago no es cierto!– continuaba Balam todavía en shock.

–¡Todo el tiempo, el Abuelo nos estaba preparando para esto! De alguna manera u otra ¡esto era lo que trataba de decirnos, Balam!– buscaba dar alguna explicación.

–¡¿Pero de qué demonios estás hablando?! ¿Qué quieres decir? ¿Que el Abuelo no era humano? ¿Que tú no eres humano? ¡Malditos infelices!– Balam respondía de acuerdo a las circunstancias en las que se encontraba. No tenía una pausa para tratar de comprender la situación.

–Entiendo perfectamente tu sentir, y me gustaría que te calmaras un poco, por favor. Esto es muy surreal, lo sé, ¡pero está pasando, Balam! Y definitivamente soy humano como lo fue el Abuelo también. ¡Es esta daga que tiene un poder ancestral oculto por siglos! Ha estado en la familia por mucho tiempo, por eso las historias del Abuelo, ¡por eso tan misterioso e irracional!– continuaba tratando de dar una explicación a lo inexplicable.

–¡Son unos malditos imbéciles! No sé, Xelhua, no puedo entender nada, sólo lo que vi. ¿Qué demonios es eso que estaba en el lago?– preguntaba Balam todavía muy inquieto.

–Me dijo que era el Rey Ajolote y ¡quería que le entregara la daga!–

–¿Qué? ¿Puedes hablar con esa cosa? ¡Oh, claro! ¡Tú también eras una maldita criatura asquerosa!– Balam seguía algo irritado e impactado.

–Jaja, a pesar de todo lo que paso, ¡me haces reír! Vamos a la casa, te sigo platicando –yo seguía la charla tratando continuamente de calmar a Balam.

–Está bien, vámonos, pero no te me acerques, no me toques, maldito– respondía Balam, visiblemente más calmado, resignado y bromeando un poco; simplemente siendo Balam.

• •

Estuve buscando la daga por todas partes sin éxito, y al mismo tiempo algunos papeles que necesitaba. Los muchachos todavía no regresaban y me disponía a cocinar algo. Cuando abrí un cajón buscando utensilios para cocinar, encontré una llave algo extraña. No sabía para qué era; tal vez allí estaba la clave para encontrar la daga.

Cuando llegaron los muchachos, se me hizo raro ver a Xelhua solo con un short y a Balam muy serio.

–¿Cómo les fue? ¿Por qué no traes ropa, Xelhua?– les pregunté.

–Ah, nadé un poco y no pude encontrar la ropa después– contestó Xelhua.

–¿Todo bien? Se ven algo raros– les comenté.

–Sí, tía, todo bien. Solo tenemos hambre, ¿verdad, Xelhua?– se apresuraba a contestar Balam

–Oye, ¿Xelhua? Tú que andabas por ahí con el Abuelo, ¿no sabes para qué es esta llave?– le pregunté a mi hijo, mostrándole la llave.

–Mm, esa llave fue hace mucho tiempo. Creo que es de un pequeño baúl, pero no recuerdo qué aspecto tiene, y la verdad no sé lo que contenía– contestaba Xelhua, realmente tratando de recordar.

–¿Crees que tu mamá sabe algo acerca de la daga?– preguntaba Balam a escondidas.

–Yo pienso que sí, pero decidieron, o prometieron, guardar el secreto– contestaba Xelhua, seguro de sus instintos.

Luego, ya cuando estábamos comiendo algo, Xelhua me preguntó por su tío Eztli. La pregunta, francamente, me cayó de sorpresa. Traté de esquivar la pregunta con más preguntas, pero tuve que contar mi versión.

–Hasta donde yo sé, tu tío se extravió en la montaña, nunca lo volví a ver. Yo era pequeña, y eso fue lo que me contaron. Yo estaba con mi madre cuando pasó. Solo mi padre con mi hermano andaban juntos ese dia. Fue terrible para todos, es un dolor que nunca se desvanece– hice una pausa y cambie el tema.

Antes de regresar a la ciudad, seguimos organizando cosas, limpiando por aquí y por allá. Xelhua preparaba una maleta con algunas pertenencias mientras Balam solo merodeaba por ahí. Aunque se le notaba pensativo, raro en él, ya que siempre andaba bromeando, siendo sarcástico. Parecía estar preocupado ¡y con justa razón! No sé si fue buena idea regresar todavía.

• • • • • • • • • • • • • • • • • • • •

De vuelta en el lago, el Rey Ajolote planeaba cómo recuperar la daga. El poder regenerativo no era suficiente para poder salir del agua de manera permanente, pero cada determinado tiempo, como había sido en el pasado, podía reencarnar a un ser humano, transformarlo en una bestia y convertirlo en su emisario en la superficie.

Muchos habían sido los intentos y no dejaba pasar la oportunidad cuando llegaba el momento. ¿Recuerdan a la persona desaparecida en el lago? Bueno, la incubación estaba a punto de engendrarse.

• • • • • • • • • • • • • • • • • • • •

Decidimos pasar un día más en la casa del lago. Necesitábamos darle un hogar a las gallinas y chivos que quedaban. La persona que a veces los cuidaba cuando no estábamos en la casa, decidió que podía adoptarlos. Tratamos de pasar un buen rato, comimos, recordábamos al Abuelo, y nos disponíamos para el regreso. Entonces, Xelhua de pronto recordó dónde estaba el pequeño baúl que probablemente era compatible con la llave misteriosa.

–¡Creo que está detrás de la cabecera!– decía Xelhua en voz alta.

–¿De qué hablas?– respondía Balam sin saber a quién le hablaba su primo.

–¡El baúl! Ven, acompáñame– exclamaba Xelhua.

Entonces nos dirigimos a la recámara del Abuelo, ansiosos por saber si la memoria de Xelhua funcionaba. El misterio de la llave lo había atrapado. Un presentimiento, tal vez un mensaje, o solamente pura curiosidad.

Al mover la cama del Abuelo, nos sorprendimos al ver una pequeña puerta. Nos volteamos a ver incrédulos. Entonces Balam grito: ¡El tesoro del Abuelo!

Todos nos reímos, liberando la tensión, pero regresamos al punto de la incertidumbre. Intentamos con la llave, ¡y funcionó! Un baúl de mediana proporción nos dio la bienvenida. El baúl, a pesar de que se veía antiguo, estaba bien cuidado.

Al intentar con la llave nuevamente, el baúl se abrió. Algunas fotos, recortes de periódico: todo haciendo alusión a actividades paranormales sobre avistamientos de criaturas extrañas, noticias amarillistas en papeles descoloridos por el tiempo. Y en el fondo, los lentes de lectura del Abuelo con un cristal raro incrustado en el lente izquierdo de color rojizo.

–Que lentes tan raros, nunca los había visto– decía Xelhua.

–Yo tampoco– contesté, pero ¡sentí que el alma se me salía por un momento del cuerpo!

Esos documentos me recordaban la daga y lo difícil que era aceptar ¡no saber dónde podría estar! ¡Me llenaba de angustia! Fue muy tarde poder preguntar por la daga a mi padre.

–¡Ahora podemos irnos!– les comenté a los muchachos que seguían observando el contenido del baúl con demasiado interés.

–¡Llevemos el baúl!– decía Balam.

· · · · · · · · · · · · · · · · · · · ·

Cuando salimos del cuarto del Abuelo, iba al último, y decidí ponerme los lentes para ver cómo me veía. Al verme ante el espejo que estaba colgado antes de salir del cuarto, ¡empalidecí al ver mi reflejo! De hecho, ¡no había reflejo! ¡El espejo se torno oscuro!

Algo como un líquido viscoso y negro era lo que reflejaba, entonces me quité los lentes y pude ver mi reflejo normalmente. Mi corazón se agitó, tenía dificultad para respirar y comencé a sudar.

Mi mamá me preguntó si todo estaba bien al percatarse de mi cambio tan repentino, a lo cual respondí: Todo bien, es sólo que recordé al Abuelo por un momento. Creo que llevaré este espejo conmigo, si no te molesta.

–Claro que puedes llevarlo, ¡vámonos!–

Y emprendimos el regreso a la ciudad.

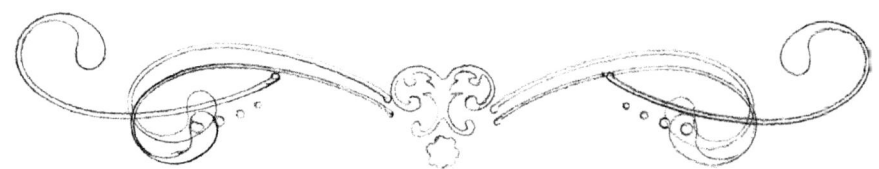

capítulo seis

TONAL

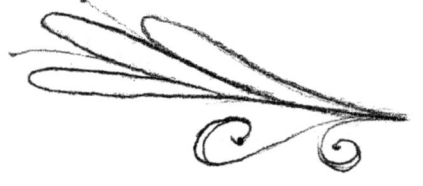

Durante el trayecto, discutimos la posibilidad de vender la casa, pensar en el cambio de vida que se presentaba: para Xelhua, tal vez volver a la escuela, buscar un trabajo, montar algún negocio, no sé, seguir los pasos de su hermano al unirse al ejército (siempre me opuse pero, no pude ir en contra de su decisión). Me gustaría ayudar a Balam también. Siempre ha sido como un hermano para Xelhua, y me preocupa mucho la situación en la que se encuentra.

Me comuniqué con su padre para saber cómo estaban las cosas en el vecindario. Me comentó que todo parecía muy tranquilo por el momento, pero él sabe que ese tipo de personas solo viven para los problemas.

Al llegar a la ciudad, decidimos que viviríamos en casa de Héctor por un tiempo en lo que conseguimos un lugar donde vivir. Eso incluía a Balam, pero él no estaba de acuerdo. Él quería ir a su casa a pesar de los riesgos que representaba.

–No se preocupen, todo va a estar bien– decía Balam, convencido de lo que decía.

–¿Estás seguro?– preguntaba Xelhua.

–¡La vida es riesgosa! Además, no puedo estar escondiéndome todo el tiempo. Yo no les debo nada, voy a arreglar las cosas. No te preocupes– continuaba Balam.

Héctor nos recibió de la mejor manera. Bueno, Xelhua es su hijo, pero a mi me parecía algo extraño después de cinco años separados. La verdad, nunca quise intentarlo con nadie, no tenía tiempo, o no me interesaba.

Héctor siempre me pareció un buen ser humano desde que lo conocí. Sus tradiciones son muy arraigadas a su cultura y religión. Pienso que algo de eso contribuyó a tener tantas discusiones, tantos desacuerdos, ya que yo crecí de otra manera. No quiero decir que crecí lejos de Dios, pero nosotros teníamos una aproximación a Dios no muy tradicional tal vez.

–¡Me da mucho gusto tenerlos por aquí! Pueden quedarse el tiempo que quieran. ¡Esta es su casa!– exclamaba Héctor visiblemente contento.

Y la verdad, no puedo negarlo, a mi también me da gusto estar aquí por mi hijo, que nos necesita. No sé, la pérdida de mi padre mantiene mis sentimientos a flor de piel. Estoy muy susceptible al cariño, al calor de hogar, pero no percibo en sus ojos lo mismo. Espero que no esté llevando muy lejos mis ilusiones.

Los días transcurrían, y parecía que todo funcionaba. Regresé al hospital donde trabajaba, y Xelhua estaba por comenzar la escuela. Quería estudiar algo que tuviera que ver con la tecnología. Poco a poco empezaba a olvidar la daga, como si hubiera desaparecido de nuestras vidas. Y además, las cosas tomaban cierto encanto con respecto a Héctor. ¡A lo mejor las ilusiones eran una realidad!

Una noche, Xelhua decidió intentar por segunda ocasión la extraña sensación que experimentó con los lentes del Abuelo. El reflejo era el mismo de la última vez, solo que esta vez trató de tocar el espejo. Pero nada sucedía. La superficie del espejo se mantenía sólida, pero ahora, de algún modo, se dio cuenta que pasaba lo mismo con cualquier espejo.

Al pasar los días, Balam trataba de entrar a trabajar en la fábrica donde estaba su padre. Xelhua hacía lo propio al querer regresar a la escuela, pero decía que también quería trabajar. Todo parecía que tomaba un camino más prometedor con los muchachos. ¡Tenían una buena actitud! Se les notaba con ganas de hacer algo diferente, estaban motivados. Así que un día decidimos hacer una especie de picnic en un parque cercano. Pienso que eso era lo que hubiese querido mi padre, vernos así, alegres, disfrutando de la vida, y de algún modo, ¡él se mantenía presente!

–Voy al baño, no me tardo– decía Balam.

–Te acompaño– decía Xelhua mientras se levantaba.

El tiempo es una máquina que gira, y a veces se entrelaza con las manecillas opuestas. La electricidad vibra y fluye buscando un polo negativo; parece que las reglas no escritas por la naturaleza buscan darle forma a nuestros caminos. Y entonces, pasó.

Los muchachos encontraron a sus enemigos en el baño del parque y se desató la pelea. ¡La conmoción y el griterío de algunas muchachas llamaron nuestra atención de inmediato!

Corrimos hacia el baño lo más rápido que pudimos. Al llegar, Héctor trataba de separar a los muchachos para sacarlos de la trifulca, mientras se escuchaba gritar a Balam: ¡Cómetelos, Xelhua! ¡Cómetelos!

Los buscapleitos corrieron y se dispersaron al instante Solo quedo el pensamiento: cuando pensábamos que todo tenía cierta normalidad, pasó esto, o tal vez *esto* era la normalidad.

Ya estando en la casa, platicamos acerca de cómo solucionar esto que parecía no tener fin.

–¡Tenemos que denunciarlos!– decía el papa de Balam entre molesto y preocupado.

–Pero, ¿qué es lo que quieren, Balam?– preguntaba Héctor.

–Parece que creen que señalé a uno de sus amigos cuando estuve detenido, y que está teniendo problemas por mi culpa, ¡pero yo no delaté a nadie!– contestaba Balam visiblemente molesto todavía por lo sucedido.

–¿Delatarlo, de qué?– pregunté yo.

–Ok, a mi me dejaron salir bajo fianza. Aún están investigando si algo tuve que ver con el robo de un automóvil. Parece que encontraron al culpable, y ahora piensan que yo lo delaté– fue la explicación de Balam.

Por la noche, los muchachos pensaban como terminar con esta situación de una vez por todas.

–Tienes que usar la daga, Xelhua, y ¡trágatelos a todos!– exclamaba Balam.

–Eso era el plan que tenía, ¿recuerdas? Bueno, no sé si tragarlos, pero si los podemos asustar al menos– decía Xelhua con cierta determinación.

Xelhua no sabía si era buena idea usar la daga de esa manera, como venganza. No sabía qué hubiera hecho el Abuelo, o si estuviera de acuerdo, él solo pensaba en la promesa que le había hecho antes de morir. En la pelea del baño, ¡por poco le arrancan la daga! Eso sería terrible para el muchacho.

El no saber decidir es parte del crecimiento.

Su corazón latía con fuerza al pensar que usar la daga en contra de sus enemigos sería la mejor opción, pero la frialdad del cerebro, por otro lado, le aconsejaba que no lo hiciera; que pensara en otra solución.

Los días pasaban relativamente tranquilos, pero todos sabían que era cuestión de tiempo para que los problemas regresaran. Balam quería ir a buscarlos, pero Xelhua prefería esperar a encontrarlos. En esos días ya casi no les permitimos salir solos a la calle, por precaución.

Un día tuve que quedarme un poco más en el hospital por

cuestiones de trabajo, y entonces sucedió, por la tarde, cuando estaban solos en la casa. Decidieron salir para enfrentar su destino.

–¡Estoy harto de estar aquí esperando! Es más, ¿qué demonios estamos esperando? ¡Vamos a la tienda!– exclamaba Balam algo irritado.

Xelhua estuvo de acuerdo y salieron a la calle, o a la selva, donde el depredador acecha, donde caía la tarde, donde los humanos tienen prisa por llegar, tienen prisa por sobresalir, tienen prisa por ahogarse en la fragilidad del ego y la insatisfacción delirante.

Los sonidos del caucho dando las notas negras se desplazaban sobre el pavimento, y buscaban darle alcance a los muchachos que corrían para encontrar un refugio. Al doblar la esquina, fueron interceptados por otro vehículo.

–Ahora sí, no está mami para salvarlos, ¡malditos soplones!– exclamaba uno de los cuatro que bajaban del vehículo amenazadores.

Cuando Balam volteó a ver a Xelhua, se percató que estaba asustado, paralizado, así que no dudó ni un instante y ¡le arrancó la daga! ¡La apretó fuertemente y sucedió!

Balam cayó al piso. Tenía dificultad para respirar y hacía sonidos anormales. Empezó a convulsionarse. Escupía espuma por la boca, sus manos comenzaban a alargarse, la espalda se ensanchaba, produciendo dolor en el muchacho, mientras, la oscuridad se apoderaba de aquella escena ante la mirada incrédula de los presentes. El vehículo que los perseguía desde el principio, les dio alcance para ser testigo de lo que pasaba.Otros tres muchachos bajaron con armas de fuego y se desató la pelea.

Balam, que parecía una especie de licántropo, logró esquivar las balas y se abalanzó sobre los atacantes, arrancando las manos de dos de ellos. Los demás subieron al vehículo para huir despavoridos de la escena, y solo el último siguió disparando sin éxito. Balam lo golpeó en la cara y alcanzó a desgarrar su cuello, cayendo al suelo instantáneamente. Los sonidos de las sirenas se aproximaban. Balam volteó a ver a Xelhua que parecía no moverse. Al parecer una bala lo había alcanzado.

Los paramédicos y los policías llegaron. Balam, rápidamente, se ocultó en una bodega no muy lejos de la escena. Cuando regresó a su estado natural, veía como levantaban a Xelhua para subirlo a la ambulancia. Balam, entre sollozos y con la ropa desgarrada, se apresuraba para llegar a la casa e informar lo que había sucedido.

–¿Qué? ¡Noooo! Xelhua, ¡noooo!– gritaba desesperada.

–¿Dónde está?– preguntaba Héctor buscando las llaves para salir rápidamente a buscarlo.

Cuando llegamos a la escena, no nos dejaban pasar porque, al parecer, había una persona fallecida. Les decía que yo era la mamá del muchacho, ¡que me dejaran verlo! Cuando descubrieron al cadáver, pude ver que no era Xelhua. Pude respirar un poco, ¡pero no sabía dónde estaba mi muchacho! ¡La desesperación se apoderaba de mi!

Balam le explicaba lo sucedido a un policía. Posteriormente, lo esposaron y lo subieron a la patrulla como sospechoso. Allí fue cuando me dijeron que habían llevado a Xelhua de emergencia por una herida de bala.

Cuando llegamos a emergencias, les explicaba que yo era enfermera y que quería ver a mi hijo, pero solo me decían que estaban tratando de ayudarlo, que tenía que esperar, esperar, y esperar.

• • • • • • • • • • • • • • • • • • •

Al otro día, después de que tomaron mi declaración, me dejaron libre. Fui al hospital para saber como se encontraba mi primo. Me sentía culpable, muy desconcertado; sólo quería que Xelhua se recuperara. Le pedí perdón a mis tíos mientras seguíamos esperando. Aceptaron mi perdón, pero noté el disgusto, y no los culpo. Era obvio que todo había sido mi culpa.

Por primera vez entendí de verdad todo lo que han tratado de decirme, de aconsejarme, así que decidí salir de allí para poder respirar, para poder llorar a solas.

El atardecer se teñía de un rojo afligido, como si el cielo entendiera mi pesar. Yo nunca aprendí a rezar, no creía en Dios ni esas cosas. No sabía a quién pedirle por la vida de mi primo, sólo caminé y recordé un lugar al que solíamos ir cuando éramos niños. No muy lejos de ahí había una colina en un parque, arriba, un árbol al que frecuentamos para escalar sus ramas. Decidí ir allí por un momento para desahogarme.

Cuando me aproximé a la colina, algo me decía que tenía que usar la daga. No sé, como algún viento, un presentimiento, una sensación que erizaba mi piel.

Las historias del Abuelo retumbaban en mi interior como un tambor. La imagen de la batalla seguía muy viva en mi memoria; el olor y sabor a sangre no cesaba en mi boca. Entonces sucedió; tomé la daga y la sujeté contra mi pecho.

De pronto, la sensación de asfixia se apoderaba de mí. Esta vez pude sentir la transformación en todo su proceso. Los sentidos se agudizaron hasta desconectarse de la realidad como la conocía. El olor a hierba perfumaba el entorno, mis manos se contraen hasta convertirse en patas como de un perro, mi espalda se encorvaba con un dolor semejante a romperse un hueso. Ahí estaba con los ojos semiabiertos. Un color azul profundo vestía la noche; cuando empecé a caminar, parecía que lo hacía sobre una constelación, como puntos brillantes entrelazados con líneas perpendiculares y otras paralelas. Lo único que podía distinguir entre ese mundo surreal era el árbol, pero ahora con diferentes tonos de azul o verde ¡y parecía que latía!

A lo lejos, pude ver cómo se acercaba una especie de ave, pero no podía distinguir muy bien qué clase era hasta que llegó y se postró sobre el árbol. Era como una especie de lechuza blanca, un poco desproporcionada. Me miraba fijamente. Movía su cuello y escondía su cabeza entre las alas como si se rascara o algo así. No podía dejar de mirarla; era algo hipnótica. No sé cuánto tiempo pasaría.

La lechuza se movía detrás de las ramas hasta perderse en la nada. Yo permanecí inmóvil por un tiempo sin dejar de mirar el árbol. De pronto, por detrás, en la oscuridad, apareció la figura imponente de un jaguar, pero no cualquier jaguar. ¡Este parecía que estaba hecho de piezas de jade! Pero las piezas no se tocaban entre sí.

¡Entré en pánico y quería escapar! El jaguar se movía lentamente, mirándome a los ojos amenazador; y cuando decidí escapar, ¡me pareció haber escuchado mi nombre!

El jaguar bajaba lentamente la colina. Sus movimientos eran muy extraños. Se desplazaba con aspecto de marioneta sin dejar de mirar mis ojos. Era tan penetrante que me asustaba. De pronto, ¡comenzó a hablarme!

–¿Qué pasa muchacho? ¿Dónde quedó aquella bravura?– preguntaba el jaguar con una voz muy grave, pero sin articular su boca.

–¿Quién eres? ¿Me conoces?– le contesté con preguntas, pero todavía muy nervioso.

–Me llaman Yahualli, pero en realidad no tengo nombre, o tal vez tengo todos los nombres, pasado, presente, futuro. Puedo ser un reflejo de tu conciencia. Las cosas inexplicables también las poseo, y tú, me has encontrado por que tienes en tu poder un artefacto milenario que ha viajado a través del tiempo y el espacio, el libre albedrío de la creación humana– fue la explicación de su presencia, algo difícil de digerir. Hablaba como el Abuelo.

–Abuelo, ¿eres tú?– le pregunté al jaguar en un tono más relajado. Me sentía un poco más confiado.

–Puede ser que lo sea, todo tiene una conectividad. Depende de la evolución mental que los humanos experimentan. Ahora, por ejemplo, la humanidad vive una revolución tecnológica más poderosa jamás nunca antes vista, y ustedes todavía piensan en venganza, en el control, el poder y todos los entrañables dramas que han colectado por milenios, gracias a la información, gracias a los mitos, a todas esas creaciones de sus mentes revueltas, el bien o el mal, el orden antes que la verdad– el jaguar continuaba con sus explicaciones.

Era demasiado para mí. No sabía si era mi imaginación. No entendía muy bien lo que me decía, ¡yo sólo quería que Xelhua sobreviviera!

–¿Tú puedes ayudar a mi primo que está en el hospital?– le pregunté buscando esperanzas.

–El contrato con la vida es la muerte, en este plano terrenal nadie puede hacer nada por él, sólo es un proceso atómico, de funcionalidad. Sus partículas se entrelazan y viven, o simplemente se desconectan, se desvanecen– respondía el jaguar con tranquilidad, sin sentimientos; una entidad inorgánica a mi parecer.

–Te contaré algo, trataré de ser breve ya que no tengo mucho tiempo para permanecer aquí contigo– continuaba el jaguar. Al mismo tiempo, parecía que su imagen se borraba, una especie de "glitch" cubría su entorno.

El conocimiento ancestral fue presentado en el "Sueño Tolteca." Te lo pongo en ese plano acorde a tu situación geográfica y de tus antepasados, pero es lo mismo en cualquier cultura en términos de humanidad. Todos tienen la misma constitución biológica. La superioridad de las razas es uno de tantos mitos que ustedes mismos han creado y tratado de justificar con burocracia, guerras, gobiernos, religiones, etc. Ahora, los seres humanos tienen la posibilidad de reinventar toda su historia gracias a los avances tecnológicos, pero se han visto superados. La programación de algoritmos todavía lleva el toque personal de avaricia, instalar el orden primero que la verdad para controlar a sus semejantes. A raíz de estas costumbres antiguas, se han creado tres tipos de seres, o clases humanas.

Los de arriba, que constituyen una parte muy diminuta con acceso a todo lo que existe en el plano terrenal, que monopolizan, que toman decisiones sin que les importen los demás, con el fin de beneficio personal.

Los de en medio que forma una parte más extensa con acceso a algunas cosas existentes, trabajando intensamente, pagando más, luchando para pertenecer a los de arriba sin conseguirlo jamás.

Y los de abajo, que constituyen la parte que sobra, acondicionados a subsistir de migajas y sueños de libertad.

Ahora, tu linaje, muchacho, ha encontrado a través
de la historia el punto de equilibrio de acuerdo al
Sueño Tolteca. "El Nahual y el Tonal."

El Tonal constituye la parte física del ser humano,
la realidad en la que vive, el mundo tangible, todo
lo que percibe a su alrededor, la luz del día, la noche
estrellada, la condición de nacer, reproducirse y morir.

Por otro lado, el Nahual representa la comunión de
los opuestos, lo intangible, lo eterno, el infinito que
se baña con agua nueva cada instante, la energía
incoherente, la sabiduría de no saber. Asimilar ese
balance es la clave para acceder en armonía hacia un
mundo nuevo sin salir de este mundo hermoso, viejo,
con sus homosapiens imperfectos, sin importar en
qué clase de ser humano te encuentres.

Todos tienen un nahual que los cuida, pero no
todos lo experimentarán en este plano material
como tú o tus ancestros. No es necesario acercarse
demasiado al fuego para saber que te quemaras.

Tu Abuelo lo intentó, tus antepasados lo intentaron.
¡Haz que valga la pena! Experimenta la vida, el amor,
la felicidad, con sus opuestos también.

Al terminar la frase, aquel misterioso jaguar se desvaneció.
No supe en qué momento había regresado a mi cuerpo humano,
sólo tuve la sensación de correr hacia el hospital con la certeza
de que Xelhua lo había logrado.

Fin

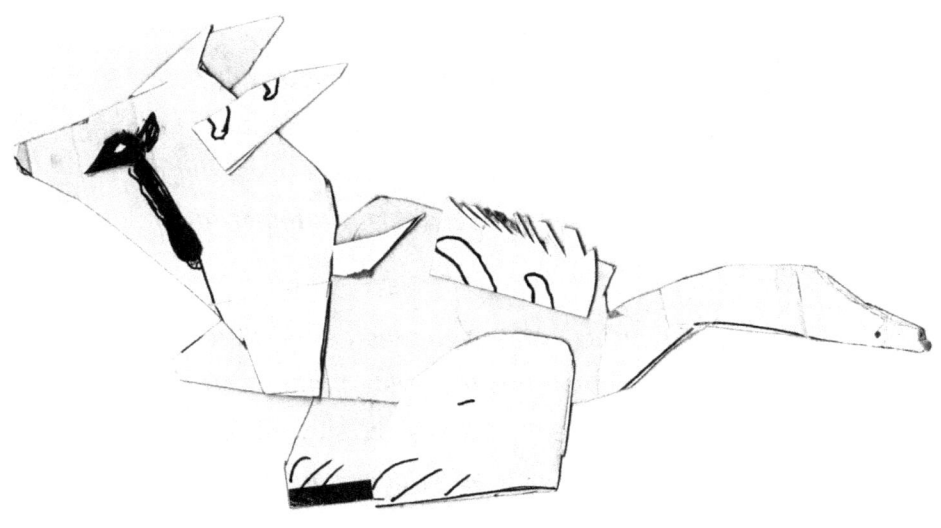

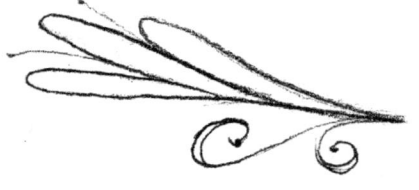

Agradecimientos a mi familia por involucrarse en este pequeño proyecto con sus diseños.

Agradezco a DSTL Arts y a todo su equipo por la buena voluntad y la pasión por servir a la comunidad a través del arte.

Un agradecimiento muy especial a los verdaderos escritores que han inspirado y han tratado de ayudar o guiar a la humanidad, tal vez sin proponérselo, a través de sus corazones repletos de letras.

¡Gracias a todos ellos!

Sobre el autor
VICTOR H. M²

Victor H. M²: un inmigrante que llegó sin inspección a Los Ángeles en el año 2006, soldador de profesión, nacido en La Ciudad de México. Su afición por el arte lo ha llevado a participar en eventos como "El dia de los muertos" en Hollywood Forever Cementery, logrando el tercer lugar en el 2010 junto con sus colaboradores en el concuso de ofrendas, al igual que ha participado en algunos eventos locales con esculturas de papel mache.

Ahora presenta su primera publicación, esperando provocar una pequeña sonrisa en el lector.